蛇座

ジャン・ジオノ［著］
山本省［訳］

彩流社

目次

蛇座

エドゥアルト・ヴェクスラー教授〔ベルリン大学文献学教授〕に捧げる。

「あなたの作品は豊かな田園や海岸に向き合うことができるだろうか?」

ウォルト・ホイットマン

I

万事がセゼール・エスコフィエからはじまった。万事が五月のあの日からはじまった。空はまるで洗濯場の石のようになめらかだった。ミストラル［冬から春にかけて吹き抜ける強い北風］は空の青色を力まかせに押しつぶしていた。太陽の光線が四方八方からほとばしり出ていた。物体にはもう影というものがなくなっていた。あたりに神秘的な雰囲気が漂っているのが膚で感じられた。壊滅的な風が私たちの唇から言葉を引きちぎって、向こうの世界に運び去っていった。こうした状況であるにもかかわらず、人々は〈物産市を開いていた〉。五月の物産市を止めるわけにはいかないからである［五月十一日にテロー広場で行われる聖パンクラスを祝う物産市はひときわ盛大だった］。雨に威嚇されると、人々は雨傘を肩から斜めに吊り下げる。風が吹くと、人々は泳ぐような格好をして風のなかに突き進んでいく。両腕を振りまわしながら難儀して歩きまわり、値段をわめきちらす。一日中、彼らは目を閉じ耳を消耗させて暮らしている。まるで海のなかで暮らしているようだ。しかし、それでも彼らは商売は怠りなくやる。夜になると、建物の壁の内側に入り、塩と風に焼け焦がされたまぶたを開く。小銭の入った袋は、まるで海底から引き上げてきたかと思えるほど、草の残骸や砂が一杯詰まっている。

ちょうどその頃、私は羊飼いたちを探し求めていた。普段なら毛布を扱っている商人のところに行けば、その近くで羊飼いは見つかるはずだった。高原での生活に必要なもののすべてを彼らはそこで買うはずだった。その日、スカーフなどの布を売っている商人の車を私は見つけることができなかった。刃物職人は私にこう言った。

「羊飼いは来なかった。山を越える途中で風邪をひいてしまったからだよ。ララーニュの物産市で俺たちは一緒だった。真夜中に出発した。すぐさまそこをたたんで出かけることにしたからである。『息をすると喉が切れるほど寒かった』と奴は俺に言った。街道筋の峠にある、あなたもご存知の旅籠〈娘たちの籠〉で奴は休んでいますよ」

私はすっかり困りはててしまった！　羊飼いがもう見つからない！　近いうちに物産市の予定もない！　あの〈ヒイラギガシ〉という叙事詩の続きがどうなっているのか、今日は知ることができるだろうと期待していたのに！　まるで夢を見ているような感じで、もうそれ以上何も考えられなかった。オプセルヴァンチーヌ通りやオーベット通りといった路地に避難することにした。そこでは風が湖のような穏やかな雰囲気を作り出していたので。

家々に植えられているスイカズラはほとんど揺れ動いていなかった。沈黙と陰のかたまりが湾曲している壁のなかのそこかしこで眠っていた。向こうでは風が吹き荒れているのに、この路地のなかは静かだった。この地方ではいつでも、風には充分に気をつける必要がある。

しばらくすると、食料品店と船長さんの家のあいだにある湾のような趣の空間の舗道の上で、小さな星たちでできた流れのようなものが輝いているのが見えた。その上には薔薇の大きな棚があった。私は次第にその場所の薄暗がりに慣れてきた。通りの冷気と平穏が私の開いている目のなかに、まるで睡眠という黒くて澄んだ水のように、流れこんできた。足元には、光り輝く陶器の一群が見えてきた。陶器職人が私を見つめていた。

オリーヴ用の壺、煎じ茶を入れる甕、素焼きの壺、黒い粘土でできた胴の膨らんだ大きな壺などが並んでいた。その胴から汗のように水が流れていたが、その壺は人間が利用するためのものだった。人間がその壺から水を飲んだばかりで、彼は口髭を拭っていた。彼もまた粘土でできていた。

どの方角を見ても、陰鬱な天候だった。そしてミストラルがまるで鉄板のような空を揺り動かしていた。

さまざまな陶器が置かれている中央に、赤い羊毛の紐で区切られた四角形が作られていたが、そのなかには胴体が膨らんだ小さな壺が三列にきちんと並べられていた。口は新聞紙で封じられていた。私は丘でとれる蜂蜜のことを考えて、陶器職人に声をかけた。

「そのなかのどれかひとつを欲しいんだけど」

「恋をしているんですか?」彼は質問してきた。

流れの底に生えている水草のような、柔らかくてしなやかな彼の青い視線と同時にそれは私のところにやってきた。それは、陰を帯びた純粋な昼間の神秘が突然感じられた瞬間だった。そのとおりだと言おうか？　それとも、そうではないと言うべきだろうか？　いずれにしろ、相手の言葉の真実を見つける必要があるだろう！

私は説明した。

「私は結婚しているし、それに……」

彼は訊ねてきた。

「奥さんは病気なのですか？」

私はすぐに「そうじゃない」と答えた。というのも、私は急に理解したのだった。周囲のあらゆる状況が私に理解するよう要求しているのだということを。つまり、大きなフルートのようによく響く路地、あの融けてしまった太陽、家々の輪郭の上に自分の色彩を垂らしている濃厚すぎるあの空、言葉を話すという才能を持ったあの粘土の男、こうしたものはすべて魔力を秘めているのだ！

私たちは健全な友情を結んだ。〈カフェ・ドゥ・ラ・ボスコット〉でパスチスのグラスを前に置いてではなくして、こういう風に、私はここにいて彼は壺の向こう側にいる状態で、それぞれ自分のいるところから動かずに、そして、私たちの視線がいよいよ青くなっていく友情の瞳と瞳を互いに見つめ合うことによって。

ついに、彼は沈黙を守っている粘土の壺たちをひと跨ぎして、木の根を思わせるようなざらざらの手で私に握手を求めてきた。彼はこう言った。

「余裕があったら、やってきてください。あなたがもう少しで言おうとしていたことから判断すると、互いに考えていることを話し合ってみるのがいいでしょう。私の名前はセゼール・エスコフィエです」

★

彼は詳しく説明してくれた。サン＝マルタン＝レ＝ゾに住んでいるので、まずその村まで行って、麦打ち棒が勢ぞろいしている麦打ち場の向こうで左に曲がり、ベールの羊小屋のある細長い丘に登り、さらに松林を横切って、まるで血を流しているように見える彼の粘土採掘場を丘のなかで探し当てる必要があるということだった。いくつかの丘が押し合いへし合いしているところにたどり着いたとき、私の心臓は穏やかに小躍りしていた。見渡すかぎり大地の波がうねり、樹木の泡が逆巻いていた！　谷間のくぼみにうずくまっている巨大な蔦が、死に絶えた農家の肉の削げ落ちた骸骨を蝕(むしば)んでいた。蔦は重々しい頭部を揺り動かし、緑のキスマークを草の上に投げつけ、張りめぐらした枝と黒い葉を重々しく動かすことによって欲求を緩慢に満足させながら、息絶え絶えの羊小屋の方に向かっていた。大地は大きな爪で鷲づかみにされていた。他の場所では、太陽光線に焼かれ、獣の巣窟の地面のように踏み固められている大地は、大空よりもずんぐりした動物でも転がりまわることができるような広い空間を作ってやっていた。そういうことを別にすれば、鳥の姿が見えなかった。茂みをすみかにしているはずの鼠の鳴き声も聞こえないし、長い蛇が眠ったまま草のなかを流れるときに発する泉のような物音も聞こえてこなかった。生き物の気配が感じられるのは樹液の生命だけだった。しかし、樹液には生命力が熱く燃えたぎっていたので、スイカズラのほっそりした若枝に手を触れるだけで、手が激しく焼け焦げるようだった。

いつもそうするのだが、私はそのスイカズラの前でかなりのあいだ、裸同然だったので寒く感じながら、じっとしていた。ついに、勇気を奮い立たせ、泡立つような木々のあいだを下っていった。道に迷ってしまい、大きな火口の底にあたるこの起伏に富む牢獄のなかをうろついていた私は、正午になると、喉が焼けつくように感じられた。一歩踏み出すたびに、私の後ろで樹木の身振りが唸り声をあげているようなときに、いったいどこで曲がったらいいと決断できるのだろうか？　すでに三回も、無秩序に生い茂っている林檎の木々の枝を押し開いたところ、その向こうにある垂直の岩壁が見えてきた。太陽が私の水分のすべてを吸い取ってしまったので、私は枯れ木のように乾燥していた。皮膚がぽきぽきと音をたてるのが聞こえるようだった。頭の暗闇のなかで、脳髄は真っ赤な尾羽を開いていた。その時、フルートの三つの小さな音が聞こえてきた。その音色はじつに人間的、きわめて人間的、あまりに人間的だったので、身体のなかに残っていた水分を総動員して、私は希望を満載した「おー！」という叫び声をあげた。フルートの音は消えた。しばらくすると、フルートは、もう少し遠くの、打ち捨てられている水飲み場の周辺に茂っている柳の林のあたりで、音を出した。私はそこに行ってみた。誰もいなかった！　木製の筒から水が勢いよく噴き出ているだけだった。硫黄の匂いのする重い水だった。あまりにもたくさんの土が混じっているので、貯水槽は黄色の泥で満たされていた。そして水は貯水槽からあふれ出ていた。

フルートが松林で鳴り響いた。私はその方向にある二つの岩のあいだに隙間を見つけた。何匹もの蛇を思わせるようなニワトコの枝と絶望的な戦いを交えて、何とかそこを通り過ぎた。ニワトコの種子が腕の毛にくっつき、花の破片が髪の毛のなかに入った。ねばねばした大きな葉が頬にこびりついた。しかし、そんなことはもう期待もしていないときに、こうしてぱっと開けたところにうまく出ることができると、勇気がすぐさまよみがえってくる。私は小道が足元にあることに気づいたのだった。フルートはその向こうの方で猟犬の鈴のように響いていた。私は歩いた。樹木が道の両側へ開いていった。脚に触れる草は新鮮だった。そして不意に、向こうの丘に、粘土の赤い血が流れている深くて暗い傷が見えた。

「やあ」私が到着するのを見て彼は言った。「あなたは底の方からやって来ましたね。まるで植物人間ですよ。奇妙なことを考えたものですね、あなたは！」

彼は麦打ち場で私を待っていた。私の手を握った彼の大きな手に引っ張られて、私は最後の一歩を進めた。彼は筒が二本ついている水差しを私に手渡した。がぶがぶと水を飲み、胸にたっぷり水を浴びせることによって、私は内側からも外側からも私自身を充分に湿らせた。そうすると、風が吹いてくるのが感じられた。頭のなかのすべてが秩序を取り戻しはじめた。そうして、私は自分がやはり自分の主であるように思われた。

つまりその住まいはじつに風変わりだということがすぐに分かった。丘にあっては、一筋の水の流れは生命である。丘はそういうことをよく心得ているので、丘は乾燥し干からびたままである。自分の古くなった力、焼け付くような大地、炎のように泥だらけの大気、こうしたものを信頼して、丘は動かずにじっとしている。その大気のなかでは、蜃気楼の広大な幻想が静かに爆発しているのである。鼻孔の下に一条の水が感じられれば、それで私たちは助かるというわけである。私は水の手でたっぷり愛撫してもらったばかりである。水はまだ私の腕の毛をひんやりとした指でカールさせている。「作業場に来てください」と言うセゼールのあとについて行く前に、周囲にくまなく視線を投げかけたときに、私はふたたび自分の身体の主になった。天空のはるか彼方の奥底から、自分の葉叢のなかに泉の水を忍びこませているまだら模様の濃厚な草原にいたるまで、私はぐるっと眺めまわしたのであった。

私たちの下には、腐敗した草の重々しい臭いが漂う沼を思わせるような潅木地帯が、泡立ちながら広がり、はるか彼方で青い鉄のような地平線に寄りかかっていた。私たちが立っている丘のこの頂点は、まるで島のような具合に突き出ていた。生身に穿たれた穴のように血みどろで暗い大きな洞窟、ここではそれがエスコフィエの家というわけだった。

中に入ってみると、戸口から差しこんでくる光を受けて、地面に突き刺さっている二本の塔が見えた。大きな塔は人間が利用するものであった。小さな塔はどういう役に立つのか私には知る由もなかったが、じつに可愛いので、大気と想念で作られた軽快な身体をすぐさま思い起こさせた。上に載っている板には、小さな魔法の壺のようなものが置かれていた。

「じつは、彼女があれを作っていたんですよ」彼は私にこう言った。

「彼女というのは誰だい？」目を大きく見開きながら、その彼女を押しつぶしてはまずいので、足は動かさずに、私は言った。

「私の娘ですよ。茶褐色の髪の長女です。万事を考えだしたのは彼女です。彼女が見た夢が事の発端だったように思います。親指の窪みでこういうものを作りはじめたのです。女教師は私にこんなことを言いました。『あの子は何もしません。私が話してもあくびをするだけです。まるで別の世界から連れてこられたような感じで教室にいるのです。小さな穴から今でもその世界を眺めているようです。あなたの娘さんの目はうつろですよ。』そこで、私は言いました。『それなら、彼女は家に居させることにしましょう。』教師の言うとおりです。彼女の目は羊の目のようです。ある夕べ、彼女と話し合いました。私たちは松林で寝そべりました。私の腕の窪みに彼女の頭を載せて、彼女を抱き寄せました。彼女は私のビロードの衣服にぴったりと寄り添いました。彼女が『パパ！』と言ったので、私も『そうだよ、娘よ！』と言いました」

「ここまで歩いてこられたのに、そんなところに立たせたままでしたね。坐ってください。汗がひくのを待ってから、家族を紹介しましょう。今晩はここに泊まってください。何とか眠れるようにしますから。大地の上に寝ても問題ないでしょう?」

私たちは家の前のベンチに坐っていた。森のなかから夕闇が少しずつ染み出てきはじめた。夕べの静かな水のような流れが、火口の底で揺り動かされて、ヒイラギガシを飲みこんでいた。大地がじつに穏やかで静かな長いため息をついた。わずかに二羽か三羽の鳥たちが旋回するようにして舞い上がっていっただけだった。野生の燕たちが互いに呼び交わしていた。大空の高みから、燕たちはみな揃って私たち二人の顔に向かって降下してきた。それは巨大な渦に巻きこまれて流れていく枯れ木の破片のようだった。大洋のような大空は、私たちの上空で穏やかなさざ波をたてて暮らしていた。私たちはその大洋の底にいた。それは、全体的な生命という大きな塩水のなかだった。そこには真実の泉そのものが流れ出てきていた。それは人間や動物や樹木や石などが混じりあっている部厚い泥のような生命なのだ。私の手のひらには花崗岩の緩やかな鼓動が脈打っているのが感じられるし、樹液の小さな流れが動いているのが聞こえていた。私の血液は頭のなかで鈍く鼓動し、天空の果てから届いてきた冷たいと同時に熱い力が、まるで石が飛んでくるように、通りがかりに私の頬にぶち当たった。

太陽は、私たちがいる丘の頂上に、まるで鳩のようにじっととどまっている。泉を抱きかかえているあの草原は、泉の彼方まで広がっている。草の陰で居眠りしていた陶器職人の奥さんが、風に吹かれて、立ち上がった。

「妻です」セゼールが言った。

彼女は色白で柔らかく肥満していた。すっかり太っていて、心地よく太っており、とても柔らかかったので、彼女の腕がまるで漆喰のように袖の筒のなかから急に流れ出てくるのが見えるのではないかと期待させるほどだった。彼女の丸くてふっくらした美しい頭部は、満月がたたえているような永遠の笑いを浮かべていた。入念にくしけずられた彼女の美しい黒髪は、純粋な油のつややかな光沢を見せ、オリーヴとフヌイユの香りを発散していた。目は緑色のアーモンドを思わせるほど大きかった。彼女は立ち上がった。彼女から、すぐさま、一人、二人、三人、四人、そして五人の子供たちが流れ出てきた。種子がはじけ出るように、泉から水滴が落ちるように。草のなかに立っている彼女は、急に、子供が湧き出てくる泉水のように思われた。最後に彼女から出てきたのは、リンドウの花のような目の若い魔女だった。四月の朝のように、きゃしゃな身体つきで、髪の毛は茶褐色で、乳白色の顔色は塩づけされていた。


人々の物腰は、そこでは、じつに自然で簡素だった。私たちは草と夜の食事をとった。麦打ち場の端っこに置かれた大皿には、暗闇のなかで採集してきた、かなり淡い色彩の丘のサラダ菜が山盛りになっていた。油で光った葉がひしめいているそのサラダ菜は、青い蜘蛛の巣のようだった。各自が自分の指でつまんでそのサラダ菜を食べた。大皿を取り囲んで私たちは車座になっていた。左手いっぱいになるほどの大きなパン切れが、取り皿とナプキンの役割を果たした。そして、そのパンが油のしずくをたっぷり吸いこみ、指を存分に拭ったあとで、私たちはそのパンを食べるのだった。それは小麦を収穫する午後の味だった。

夜を、私たちはサラダ菜とともに咀嚼した。夜の闇は、ゆるやかなブイヨンとなって噴火口からはみ出てきた。大蒜（にんにく）がすりこまれているパン切れを食べはじめたときには、私たちの口はすでに夜で一杯になっていた。私たちは草を食べ、そしてまた夜を食べた。それは潅木地帯の夜であった。さらに、十四歳の魔術師の奇妙な黄色の視線を私たちは食べた。こうしたものがすべて寄り集まって、腹と脳髄に食料を提供した。脳髄が自分で独自の勘定をしているのかどうか私にはよく分からない。私は、ともかく次のようなものすべてを私が食べたと思っている。サラダ、油、黒いパン、夜、そしてリンドウのような視線。これらすべてが腹のなかに下りていき、すべてが熱と重さを作り、すべてが汁や香りに変貌した。万事があまりにも効果的に行われたので、私たちは、ついに、空と大地と真実という三つの力に酔いしれたのであった。

すでに二度にわたってあの鈴の音が聞こえていた。最初は、牧羊犬のように唸りながら眠っていた松林のあたりで聞こえたが、二度目は、例のうずくまっている白い岩の周辺で耳にした。あの岩は、歩いているコエゾイタチのようになめらかだった。そして今、ふたたびあの音が聞こえてきた。そして私は大きな赤い星を見つめている。

「間もなく羊飼いがやって来るでしょう」エスコフィエは言う。「女房よ、涼をとるためにヒソップ水を用意しておくれ」

子供たちのために敷き藁が広げられた。乾燥した草が軋むほどの分厚さだった。その上ですっぱだかの子供たちは、転げまわり、互いに腕や脚を絡ませあったり、尻を叩きあったり、腹をこすりあったりした。彼らの動作に押さえつけられて、サリエットやレモンソウの香りが噴出してきた。子供たちが話しているのが聞こえてきた。

「僕たちはライオンなど殺していないよ！」

「可愛そうだよ！　もう少し眠らせてやれよ」

「太陽が出ている」

「あれは雨の太陽だ」

「太陽はひとつしかないよ」

「右の太陽と左の太陽とがあるんだよ」

そして、月が現われるのと同時に羊飼いが到着した。いや、月の方が先にたどり着いていたのだった。私たちの正面に見える丘の丸い稜線からゆっくり月は昇ってきていた。そのとき羊飼いが低い谷間から音もなく出てきて、大きな身体で月を覆い隠してしまった。

「やあ、セゼール、それにみなさん」と彼は言った。「ところで、元気かい？」

「元気だよ。見てのとおり、大気が素晴らしいぜ」セゼールは言った。

先ほど、若い娘の魔術師は兄弟姉妹とともに衣服を脱いだ。ボタンがはずれる音が聞こえた。それから、まるで皮をはぐような具合に彼女は衣服を剥ぎ取った。肩から衣服をはずし、腕の端を振り動かし、落ちていく衣服から脚を交互に抜き取った。そこから彼女は叫んだ。

「おおい！ 羊飼いさん」

そして、男たちの視線を恥ずかしがることもなく近寄ってきた彼女は、私たちが見たところでは、流れのなかに転がっている石のように、頭から足先まで全身がじつになめらかだった。

私たちは、麦打ち場の端の、月の光が射してくる浜辺のような一角にいた。夜に飛来してくる甲羅を持った大きなスカラベが歩きまわっているので、空になったサラダ皿が音をたてていた。大きな頭をぶつけたり、つるつるになっている陶器の湾曲部分で脚を必死になって動かしたりしているのだ。私たちは自分が呼吸している音が聞こえていた。風が谷底のあの丸い空気を手の窪みで運んできたり、もっと上に広がっている荒れ地の回転砥石で研いだナイフのような例の平らな空気を運んできたりしていたので、風は熱かったり涼しかったりした。スカラベの甲羅が空のサラダ皿のなかで音をたてるたびに、陶器職人の妻はアーモンドのような目で、裸の娘を、さらにセゼールと羊飼いを交互にじっと見つめるのだった。彼女の白い口が音になって出てこない言葉をつぶやいているのが私には分かった。五十がらみの羊飼いは、頑丈な骨組みの大きな男で、肉付きはあまりよくなく、太陽に焼かれた筋肉を日焼けして乾いた皮膚が覆っているだけの、太陽と埃と枯葉で捏ね上げられた丘の男である。どっしりと坐りこんだ羊飼いは、夕闇に向き合って、九本の筒を具えた大きな笛を指でいじっていた。爪の先で敏感な管を押さえてちょっとした節を奏でたりした。

万事が厳しかった。セゼールも、羊飼いも、物知りの娘も。彼らは、濃厚なワインがいっぱい詰まっている大きなグラスで飲んでいるように感じられた。私の顔を見つめたあとで、奥さんのワインが空(から)になった。ここでは私はマツムシソウよりも単純で壊れやすかったのだ。風が吹くたびに私はその風に打たれていた。空に分厚く敷きつめられた砂利が、この沈黙のさなかで、移動している音が私に聞こえてきたばかりだった。そのとき、奥さんが言った。

「ところで、あなたは、私たちのこの土でできている家で、草のベッドの上で眠れますか?」

「大丈夫です」私はどぎまぎして言った。それから、付け加えて言った。

「大丈夫ですよ。はじめてのことでもないし。そういうことはときどきやったことがあります。それに洞窟の涼しさや朝に味わえる暖かさが気にいっています。それに、セゼールさんと羊飼いさん、必要以上に大層に考えることはやめておきましょう。つまり、これこそ本物の家なので、これで充分ですよ」

私の心のなかに少しずつ平静と安楽が戻ってきた。私はこの男たちや女たちに自分の心のうちを見せるしかなかった。そうしたら気にいってもらえるだろうということが確信できたからである。私は彼らのあらゆる考えを理解していること、また私が彼らの思考の源泉に立ち会っているということや、さらに私は彼ら自身でさえあるのだということも確信することができた。これ以上に太っても、これ以上に痩せても駄目だ。彼らと一緒にいて、彼ら以上に草から身体を持ち上げないこと。草と動物のあいだにいて健全な動物になりきることが大切なのである。

「了解しました」彼女は言う。「だけど、セゼール。この方を根っこの近くに寝かせたら駄目よ」

「どの根っこですか？　何故、根っこが駄目なんですか？」私は訊ねる。

「木の根っこよ」彼女は言う。「白い根っこなのよ。その土が膨らんでいるところにあって、流れるミルクのようなの。だけどその根っこは固くて、想像もできないほど根性が悪いのよ。陰険で、ものすごい力があるので、いつかは私の足に巻きついて、土のなかに引っ張りこもうとしたくらいよ」

「お前はまた例の根っこのことを言っているのか」セゼールは言う。顔をこちらに向けた彼は、のんびりとした声で的確な指摘をした。それから、視線の美しい翼に乗ってふたたび彼は夕闇のなかに消えていった。

若い魔術師は腰に自分の衣服をゆるやかに巻きつけていた。羊飼いが静かに口ずさんでいる声はまるで泉の音のようだ。子供たちは寝静まってしまった。彼らの寝息が聞こえてくる。裸で眠っている子供たちのでこぼこの塊の上に、月の光が差しこんでいる。

「言わせて。セゼール、私が言いたいことを聞いてよ。私たちがランセルの旅籠に泊まっていたとき、仕切り壁の向こうに、セゼール、覚えているでしょう、高床の家のことだけど、二人の炭焼き人がいたでしょう。男と、その妻の二人よ。彼らが暮らしている物音が聞こえてきていた。仕切り壁の向こう側から、昼だったか夜だったか、ともかく人間の生活が聞こえてきた。男が腕を振り回して彼女の骨や皮膚を叩いていたときは、空っぽの樽を叩くような音だった。『ああ、よしてよ』女は言った。『この野蛮人に殺されてしまう！』しばらくすると彼女は笑いはじめて、いろんなことを言ってふざけ合いをはじめたわ。そこで私はこの娘に言ったのよ（彼女は赤毛の娘を指さした）。『眠るのよ。目を閉じなさい。あの人たちが何をしようと、あんたには関係のないことだからね……』

そうすると、彼らは鼾をかきはじめた。彼らの様子は容易に想像できたので、怖がる必要はなくなった。朝になると、男は、カーバイド・ランプをぶらさげて通りをぶらぶらと歩いていたわ。そしてあのピエモンテの歌を口笛で吹いていたので、最初の音を聞くとすぐに、私はあんたに言ったのよ。『セゼール、起きなさいよ。あの人は口笛を吹いているわよ。美しい曲かどうか、よく聞いてみてよ。』女の方も簡単に想像できたわ。私が泉の近くに坐って髪をといていると、彼女は階段を下りてきた。薄汚れた洗濯物の大きな包みを両腕で抱えて重々しく階段を下りてきたのよ。彼女はときどき立ち止まっては、滑りそうになるサンダルを履きなおし、洗濯場の貯水槽のなかに洗濯物を投げこんだ。そして、身体を起こしてこう言ったのよ。『さて！　これでよし。今日はこれを片付けなくっちゃ。』そう、人間がやることは大体想像がつくわ。私でない誰か他の人たちの人生のなかに入っていくのはけっこう好きなのよ。そしてしばらくのあいだその人生をたどってみて、それが辛くなってきたらそこから離れて、私自身の人生に戻ってくる。それが私の人生ですからね。

こういうことはじつに楽しいわ。別に怖いことなど何もありませんからね。しかし、仕切り壁の向こう側で起こっていることは、あまり好きではないわ。それは私より強いものなので、私を引っ張り、私をしゃぶり、私を飲みこんでしまうのよ」

彼女はしばらく話を中断し、大きな舌で素早く唇をなめた。

「ここでは」彼女は話を続ける。「私は必要なものは何でも持っているけど、何か苦いものが欲しくなることがある。そういうものがあると、例えば脳味噌から唾が出てくるような気がするからね。私は長いあいだ大地の音に耳を傾けてきたし、いつでも隣人たちの物音は聞いていたわ。だけど、ここで隣人と言えば、まずあの灰色の松の大木たちだし、男たちのように分厚くて人間のような声を出すあの美しい楢の木たちのことだわ。長い時間のなかを生き抜いてきた結果、重々しい力をたっぷりと蓄えているので、『あの木たちがやる気になりさえすれば！……』と思うわよ。そこでまず、私は右側の壁に沿って寝転んだ。ベッドに寝そべるとすぐに、ろうそくの炎が吹き消されるように、眠りのなかに落ちこんでいく。私の暮らしを一撃で吹き飛ばしたことがひとつだけあるのよ。ある夕べ、私はまぶたと闘っていた。身をかがめ、起き上がり、指先でまぶたを支えて開けておくのよ。大地の大きな喉のなかで猫がごろごろと唸っているようだった。そこで私はその物音のなかに入っていって、『これはこうなの、そうよ。あるいはこうなの！』などと言っていたわ。そうすると泉の黒い生命が見えるようになってきた。『セゼール、ベッドをあそこに作るわ。その気があれば、やってきてちょうだい。そして、あんたがそこにじっとしていれば、もう子供はできないわ。

私はもう左側には行かないからね。私の母が私を産んだのは、絶対に眠ることがない泉のかたわらで眠るためにではなかったのよ』私はこう言った。そうするとセゼールがやって来た。セゼールは生まれつき女の身体にぴったり寄り沿っている必要があるのよ」

セゼールは相変わらず夜の闇のなかにいる。奥さんは唇をなめる。

「……そして、ある夜、かりかりと引っ掻くような音が随分前から聞こえていたのよ。毛布の上に土くれが落ちてきた。そして、穴から長くて白い根が出てきたの。それから、その根は伸び、捩れ、さらにもっと捩れていった。幸いなことに根は目が見えなかった。その根は私を探していたのよ。

その夜は、夏だったので、大きなドアが夕闇に向かって大きく開け放たれていたわ。あの子が私のそばにやって来て、その小さな腕を私の首に巻きつけた。ちょうど首の周囲にまわるくらいだった。私の首は太いし、体重もありますからね。私はあの子に言ってやりました。『やめてよ。痛い目にあうよ』と。しかし、彼女は私にぴったりくっついていた。私は怖くて凍りついていましたよ。熾のように熱い彼女は、身体が触れているところで私の肌を焦がすほどだったわ。そして彼女はこんなことを言ったのよ。

『ママ、夜を見てよ。誰かが蒔いた星で一杯よ。星を蒔くのは誰なの？　星がいっぱい詰まっている袋を持っているのはいったい誰なの？　何回も何回も手で蒔くのよね。まるで米粒のようだわ。見てよ』

彼女はいつまでも話し続けた。自分の熱ですっかり熱くなって。そして私は彼女の小さな腕に抱かれて眠ったわ」

今ではもう真夜中になっていた。エスコフィエ夫人の声はゆるやかで、漆喰のように重かった。それは彼女の肉体でできた漆喰だった。私はほぼ二週間前にふたたび彼女に会った。あの夜のありとあらゆる紆余曲折を思い出し、あの夜私の前でぱっと開いた道を思い浮かべ、道の突き当たりで摘み取ったあの大きな果実を両手で放り上げたとき、私は粘土でできたあの洞穴の方へと引き寄せられ、友人たちのところに戻っていったのであった。ランセルやサン＝マルタン＝レ＝ゾでは、美しい子供たちに恵まれているこの太った女性が大気の向こう側に広がっている世界のことを心得ているなどということは誰も知らない。彼女がフォルカルキエへ買い物に出かけ、ナスのことを論じたり、アルチショ（アーチチョーク）の花に触れていたりしても、彼女が大地と大空のことを熟知している学識のある女性だということを人々は知らない。また知りようもないのである。ナスの正真正銘の重さやアルチショのいがらっぽい血液をその秘密の奥底まで、彼女は知っているのである。

そのときはもう真夜中だった。一度も断ち切られたことのない葉叢が繁っている濃厚な夜で、風を受けた帆のようにぱたぱたとはためいている美しい夜だった。海の夜のようだった。夜の波は樹木たちの生い茂っている岸辺に、つまり丘の頂上というこの一種の暗礁に、打ち寄せていた。月の泡が岩壁にぶち当たってごぼごぼとかすかな音をたてていた。

セゼールは私の手首を捕まえ、あまり意識することもなく、力を入れて彼の方に私の身体を引っ張った。私の手首を強く挟んでいる彼の指の感覚が私の身体のなかに入ってくるのが感じられた。

「それじゃ」彼はぶっきらぼうにもぐもぐと言う。「もうお分かりだろう。あなたは女房が言うことに耳を傾けた。それじゃ、私たちはもう互いに分かりあえるわけだ、あるいはそうではないのかな?……」

私は一挙に樹木を前にしたときの感動で頭が一杯になった。樹皮への心からの愛情、樹木の枝振りに対して感じている友情、絶大な力を秘めている植物の不動のうねりを前にしたときに覚える恐怖感、こうしたもので頭が満たされていた。そうした感情は、私が少年だった頃から、また私が高原にはじめて足を踏み入れたときから、私の心のなかに住み着いていたものである。そこで、私は口を大きく開いて答えた。

「そう、私たちは互いに分かりあっている。私たちは理解しあうように生まれついているのだ。そういうことはずっと昔から準備されていたにちがいない」

「そういうことでしょうね」奥さんは言った……。

しかし、羊飼いは月の光のなかに手を挙げて、話しはじめた。

彼は、すでに言ったように、石ころが寄り集まったような痩せぎすの男だった。物が壊れるような暗い声で彼は話した。彼の口は口髭の奥で開いていた。歳に似合わず冷ややかではあるが健全そのものの歯のあいだから言葉が出てきた。

「ヴォルクスの岩壁には茶褐色の鷲が何羽か住んでいる。俺たちが草の上に寝転んでいると、鷲たちがやって来る。鷲たちは帆を広げて上空を旋回する。そして槍を前方に突き刺す。鷲の影が俺たちの目を覚ます。眠っている俺たちのまぶたの上をひんやりしたものが通り過ぎるので、俺たちは目が覚める。こういうことだよ。ぐっすり眠っていても、やはり目が覚めてしまう。

かつて俺は犬を一頭飼っていた。その犬はまるで風のように陰険だった。風と同じで、自分が何をやっているのか分かっていなかったのだ。またどんなものにでも獰猛にありったけの力を集中して襲いかかっていった。干し草を運ぶ荷車ほどもあるコルシカ産の大きな雄山羊を屈服させたこともあった。しかしその犬を殺したのは、毛を刈り取られた雌羊たちだった。反乱を起こしたというわけだ。雌羊たちはその犬を窒息させ、足で踏みつけて殺した。そのあとで、雌羊たちはしょんぼりして俺のところにやって来たので、俺は『いいよ!』と言ってやったよ。

いつだったか、ひとりの男、子供と言ってもいいような男に会ったが、その男は空の重量を担っていた。その重みのために背中全体で震えていた。そして雄牛のように唸っていた。というのは、その男は言葉を話せなかったのだ。人間に向かって話すということが一度もなかったからだよ。そこで、荒野の向こうからありとあらゆる鳥たちがやってきた。鳥たちに加えてあらゆる獣たちもやって来た。だけど、最初の日にやって来たのは鳥だけだった。その日、男のすべての指の先端に鳥たちがとまっていた。

もうひとり別のレイヤンヌのマルシヤルという男とも知り合いになったことがあるが、この男は獣の呪いを全身に受けていた。犬も、猫も、馬も、羊も、どんな動物でも、彼の臭いを嗅ぐと気が狂ったようになるのだった。彼は実験をしてみたくなった。そこでマーヌの物産市で馬を一頭買ってみたってわけだ。馬を引いていったのは奴の女房だ。男は五百メートルばかり後ろを歩いていた。女房が左手で頭絡に触れると、馬は口を開けて馬銜に歯で噛み付いた。その左手で女房が、その前夜、男に触れていたからだった。馬を馬小屋に入れると、マルシヤルはこう言った。『確かめてみたいんだ。俺が着ているこのチョッキのせいだと思う。』彼はチョッキを脱ぐ。それからさらに、彼はベルトをとり、ズボンを脱ぎ、靴も脱ぎ捨てる。裸になった。『さあこれでいいだろう！ 確かめてみよう。』何の効果もなかった。彼は裸になって馬小屋に入った。馬は石の壁に飛びかかって足を折ってしまった。鶏、家鴨、兎など、すべての動物が、嫌気がさして、死んでいった。彼が年齢を重ねるにつれて、それはいよいよ深刻になった。ある日、彼がカフェから出ると、頭上を通りかかった鳩が、翼を羽ばたいたかと思うと、すぐさま死骸となって落ちてきた。その鳩を見た彼は『分かった』と言い、ロープを探してきて、首を吊った。ロープを持って村中を歩きまわったが、みんなは彼のやりたいようにさせたのであった。

樹木があるし、獣もいる。俺は小さい親方、小さい責任者、小さい羊飼いだった。羊は二百頭だった。俺の羊の所有者はラフェールに住んでいた。二百頭の羊くらいでは、羊飼いの仕事がどういうものか理解するのはむずかしい。

有力な親方、堂々とした羊飼いがいる。一万頭の羊、十万頭の羊の所有者がいる。ドアを開いて、それぞれの羊小屋の暗闇に向かってひと言しか言わない親方もいる。正面の大きな板戸を開ける。日雇い人たちは両側に並んでいる。そこで親方は声をかける。ただのひと言だけだ。それ以上は何も言わずに、親方は背を向け、手で杖をつかみ、立ち去る。そうすると羊たちが出てきて、親方のうしろについていく。羊たちは親方が腰につけているベルトのようで、親方はその羊のベルトをその地方に繰り広げていく。彼はどんどん前に歩く。立ち去っていく彼は、羊を引っ張る。彼は歩を進め、歩く。彼は今では視界の果てにいる。二つか三つの村を横切り、二つか三つの森を通り過ぎ、二つか三つの丘を越えていった。彼は今ではまるで針のように小さくなった。その針に引っ張られる糸のように、羊たちは彼が通っていったあとをついていく。羊たちは村や森を横切り、丘を越えていく。こちら側では、羊たちは小屋から休みなく出ていく。一万頭の羊、十万頭の羊、これだけいると時間がかかるんだ。日雇い人とともにいる助手たちがときどき『それじゃあ、ここからは俺の番だ』などと言う。そしてひとりずつ助手たちも立ち去っていく。最後の羊が出ると、羊小屋の板戸が閉められる。その羊が中庭から出ると、正面の大きな門扉が閉められる。もう見守っている者は誰もいない。これは神秘だよ。壁の向こうでは埃がもうもうと立ちこめている。大きな流れの、つまり羊の大群の物音が聞こえる。それは世界の音であり、空の音であり、星々の音である。これは神秘なんだ。羊の所有者は帽子を脱ぎ、頭をひっかく。公証人のところで年金に関わる各種の書類を前にするとき、所有者は自分がちっぽけだと感じる。彼が所有者でいられるのはそうした書類のおかげなのである。長い糸のような羊の列を引っ張っている針のことを所有者は考える。『さあ、一杯やろうぜ』と彼は声をかける。そうすると、みんなは台所に入っていく。

これが羊たちの大親方だ。親方たちは羊飼いの仕事を心得ている」


こういう風に夜が更けていった。今では、すっかり湿ってしまった夜が、洗濯場から抜け出てきたシーツのように、大地という球体にぴったりとくっついているのが感じられる。月は全速力を取り戻していた。雲の小さな泡が月の重量を押しつけられて泡立っていた。私は自分の並外れた子供時代のことを思い起こしていた。何らかの予言によるものだったのだろうか、私の運命は自然の大きな力に委ねられていたのだった。予言が的を射ていると信じていた父は『さあ、息子よ、こうしよう！』と言ったものだ。あの夏の数か月のあいだ私が羊飼いのマッソと生活を共にした「この間の事情は『青い目のジャン』に詳しい」あと、マノスクに戻って、父がうずくまっていた仕事場に私が入っていったときの、父のあの大きな青い視線を私は今では理解することができる。マッソは、緑の草のように青白く、フヌイユの香りを勢いよく噴出させている羊飼いであった。私の両肩をつかまえて父が私の内部を触診していたのは、肉体の健康ではなかった。父は私を自分の前に立たせて私の視線を見た。そのあと私を抱擁した。それは精神が健康になっているかどうかを確かめるためだった。『それでは、息子よ、もう分かっているな？』と父は言った。

こういう風に夜が更けていった。私たちは世界の屋根の上にいた。

セゼールは天空の四隅を呼吸した。

「風が吹いている」彼はこう言った。「俺たちの風が吹いている。羊飼いよ。この風があれば、演奏できるだろう」

明るい月光があたり一面を照らしている。周囲を林に取り囲まれ、短い草が生えているこの丸い草地で、美しいパン＝リール［松の枝で作られたリラ］の二本の幹が持ち上げられていた。

私たちが近づくと、樹木は人間的でありながら同時に植物的でもあるような声で歌いはじめた。角のような二本の枝が空洞のある竿を備えたケーブルで固定されているのが分かった。その竿と木の根元のあいだに九本の弦が張られていた。そうして、それは生命を持ったリラになっていた。風の豊かな生命と、樹液ではちきれそうな木の幹の内にこもった生命、さらに血がみなぎっている人間の生命、これらの生命でこのリラは生気に満ちあふれていた。

羊飼いはその張り具合を調整するために弦に触れた。錯綜した音が弦から下の灌木地帯に落ちていくのが聞こえた。そうすると、灌木の葉叢は雨嵐の大粒のしずくを受けとめるときのように呻き声をあげた。そのあと、羊飼いは湾曲した太い幹にもたれかかり、両手を弦の上に大きく広げ、そして風が吹いてくるのを待った。

風の音が聞こえてきた。谷間の向こうでは、彼の期待に応えて広大な高原がすでに風の音をたてていた。それは焼けた鉄が水につけられるときに発する音のようだった。そして風が近づいてきた。今では、風が吹いている。そしてすぐさま、丘の高みにある踊り場から三つの生命を秘めた歌が噴出してきた。樹冠から根にいたるまで木が全身を振動させた。羊飼いは指を大きく広げて、空中を飛翔する美しい馬の手綱を締めつけるように、リラをかき鳴らした。空全体がリラの向こうで流れていた。そのとき鳥たちがまるで霰（あられ）のように夜の空から降ってきた。さらに、石が歩くような具合に、羊たちが森のなかの斜面を登りはじめた。

羊たちは樹木の障壁を越えて静かに姿を現わしてきた。彼らは一歩、また一歩、一頭、また一頭、音もたてずにやってきた。羊たちは頭を垂れ、じっと耳をすましていた。雄羊の角は草のなかに垂れ下がっていた。全身を震わせている子羊が一頭、雌羊の腹の下に隠れた。

羊たちは物音をたてなかった！

ときおり、草叢の奥底から、動物たちが一斉にため息をついているのが聞こえてくるだけだった。周囲の丘も沈黙を保っていた。世界の喜びと悲しさに向かって、羊飼いが音楽で語りかけていた。

II

四方を壁で囲まれた牢獄、そして書物たちが眠っている墓地。しかし時として、その壁が開くことがあった。壁は大きな花のように開くのだった。そうすると、そのなかに空が洪水のように乱入してきた。

私たちが〈羊たちの親方〉という言葉とパン＝リールの内にこもった音楽を持ち運ぶとき、私たちはもうそれ以前の自分ではなくなってしまう。大気の向こう側の領域に一歩踏み出してしまうからである。私たちはもう大気の向こう側にいることになる。通常の世界は私たちの背後に流れ去ってしまう。私たちの前方には広大な雲の平原が広がっている。私たちの全身の皮膚は未知の大地を吸いこんで膨らんでいる。

私はいつまでもあの夜の終わりを記憶していた。夜明けが訪れてきた。羊たちの目の光が一斉に消えたことでそれと分かった。月は暗闇のなかに沈んだ。

「この美しい時を楽しもう」セゼールは言った。

風は止んだ。弓から放たれる鳩のように、最後の音だけが飛び立っていった。

母親は子供たちを寄せ集め、彼らを粘土の洞窟のなかに運んだ。若い魔法の娘は彼女のすぐ下の弟を目覚めさせた。彼女は弟の手を取り引っ張っていった。まだ目を閉じたまま頭をだらりと垂らしている弟は、連れ去られていった。骨のように痩せぎすの娘は、感度のいいアンテナのような黄色い目を見開いていた。

私はこう言った。

「私は羊飼いと一緒に外で寝るよ」

そう、私は木の根と、大地の底に潜んでいるあの泉が怖かったのだ。羊飼いは、襟のところで絞られている厚手の毛織物製の外套を貸してくれた。その外套は、しかし、ドレスのように丸みがついていた。ラバと育ちのいい牧草の匂いのするその羊毛のなかに潜りこみ眠ろうとしていると、男が私の頭上に白い顔を傾けて言った。

「あんたが今度やって来たら、あの大反乱の夜に俺がどういうことをしたか話してみたいな」

★

夏のサン＝ジャンの祭り［六月二十四日］の時期がやってきた。欲求が、フウチョウボク［蕾を香辛料、ケーパーとして利用する低木］のように、いよいよ私の内部でふくらんできた。この木は美しい花が咲くが、棘もある。胡椒のような味覚を味わうと、泉のように唾が湧き出てくる。私の内面で応酬されるこのような戦争にうんざりしたので、丘を散歩しようとステッキを手にとった。この動作だけで魔法の効果があった。それは極め付きの動作である。匂いの大きな波が私の上に押し寄せてきた。風がまるで船の帆に吹き付けるように私の両肩を押した。そこで私はサン＝マルタン＝レ＝ゾに向かって航海に出かけた。

その日はさまざまなことがあったので、私の気力が奮い立っていたということをまず言っておく必要がある。まず朝に、羊の大群が南から町に近づいてくる物音が聞こえた。羊たちは道幅いっぱいに歩いているので、両側の家に触れていた。私は外に出て、泉のほとりで羊たちを待つことにした。羊飼いたちは目がうつろだった。親方はまるでキリギリスのようにあちこち飛びまわっては、指示を与えていた。その命令を聞くとすぐに、羊飼いたちは、口を丸く開いてその場に坐りこんだ。しかし犬たちだけは日陰に入って寝そべった。そうして羊飼いたちは羊たちに水を飲ませた。立ったままでの短い休息で羊たちは満足した。脚を曲げたり、寝そべったりさせることはなかった。ついで、親方が手の指を口に入れ「ぴー」と口笛を吹くと、羊たちの群は、眠気と悲嘆を抱えこんだまま、立ち去っていった。

そのあと、すべてを見渡すことができる我が家の窓辺で、私は静かに観察することにした。そうすると、その地方の全体が羊たちの脚の下から舞い上がる砂埃で煙っているのがよく見えた。ペルチュイから、ヴァランソルから、ピエールヴェールから、コルビエールから、サント＝チュルからというように、ありとあらゆるところからやってくる羊たちは、光り輝く大きな太陽の光線をたっぷり浴びて静かに街道を歩んでいた。谷間の方に視線を転じると、谷底には、すでに空の雲よりもっと分厚い土の雲で覆われたデュランス河が横たわっていた。水の流れを供給している泉の音が、すべての樹木の葉叢を押しつぶしながら大地の上を踊るようにして流れていく様子は、まるで大蛇が滑っていくようだった。

移動牧畜の季節たけなわであった。これらの動物たちのすべては赤い大地のラ・クロ地方［ブッシュ＝デュ＝ローヌ県］からやって来ている。あの地方では、すでに灼熱の太陽がすべてを押しつぶしている。

だから、正午になると、丘に登った私は、チュルピーヌの泉の水を飲みパンを食べた。そして一時間ばかりミジンコが飛び跳ねるのを眺めてそこにじっとしていた。空には相変わらず、移動している動物たちの音がこだましていた。その音は、ぴんと張りつめた革に反響するように、雲の上で鳴り響いていた。羊たちの物音はもう地上から昇ってきているようには聞こえなかった。平原や街道の埃が灰色の靄となって、美しい濃密な筋肉をゆるやかにねじりながら、天空を走っていた。世界中が動物たちの移住に馳せ参じていた。空の彼方からやって来た秩序は、太陽の鮮やかな色彩の神秘のなかに入っていった。動物たちの上げ潮は、世界のさまざまな秩序に従属していた。この単調な大音響で満たされていた私は、まるで洗面器の水のなかにつけられたスポンジさながらだった。私は自分自身であるというよりもこの音そのものだった。私の両腕に沿って羊たちが流れ下りていった。私の髪の毛という広大な森のなかを羊たちがひしめき合っている物音が、聞こえていた。動物たちは蹄のついた足で私の胸のまんなかを踏みつけて鳴り響かせながら、私にのしかかってきた。急に、目が眩むような大地の自転が感じられて、私は夢から目が覚めた。

すでにそこまで迫ってきている夕闇のこの美しい沈黙のなかで、例の羊飼い［すでに一九頁で登場したこの羊飼いは、六一頁で、その名前がバルブルスだということが明かされる］の鈴が前方のビャクシンの青い林のなかから響いてきた。

彼は自分のそばで一息いれるよう私を誘い、水の入っている水差しを私に差し出した。彼もまた、自然の家を持っているのだということが分かった。陶工は、大地を掘り、形は心得ているので住みやすいように手を加えて家を作っていたが、精神のようなものを吹きこむにはいたっていなかった。そうした陶工の家と違って、それは親方の家、パン＝リールの演奏者の家、雲の言葉を聞き取り星の巨大な筆跡を読み解くことができる奥義を究めた達人の家であった。それは枝で覆った小屋で、そこには開口部があるので、風が吹き抜け、空気が自由自在に染みこんできた。

羊飼いは私にこう語った。

「俺は十五歳だった。真冬だったが、親方は俺の腕を手で触って調べた。さらに『脚を見せてみろ』と親方は言った。俺はズボンをまくりあげた。親方は俺の脚に手で触れ、ふくらはぎの動きを確かめた。『けっこうだ。』親方は言った。『春になったら、アルプスに出かけるんだ。だけど、その前に歯を見せてみろ。』犬が笑うときのように、俺は唇をまくりあげた。そうすると、親方は『けっこうだ』と言った。それで事が決まった。俺はすぐさま番の馬たちにさようならを伝えにいったあと、羊飼いたちを探した。彼らは屋根裏の秣置き場の、波打っている海の沖合のようにでこぼこのある素晴らしい秣の上でキャンプ生活をしていた。羊飼いたちがやっているように、俺もそこにとどまって様子を見ることにした。いつも寝ていた中二階には行かずに、羊飼いたちのかたわらで秣に穴をあけて眠ることにした。

クリスマスになると、イエスさまに挨拶するために教会に行った。農作業の下働きの男たちと一緒ではなくて、羊飼いたちの仲間になって行ったのだ。羊革の上着、先の尖った帽子、さらに笛を用意してもらっていた。教会から出ようとすると、ブスカルル爺さんが俺の肩に手を当ててこう言った。『イエスさまはあの上だ。』そこで俺が空の沖合を見つめていると、彼は言った。『そんなところじゃないさ。ほら、あそこに見える、あの小さな星だよ』

ブスカルルは俺の親方だった。羊飼いの助手になるのに知っておく必要のあることのすべてを、とくに羊たちの世話の仕方を俺に教えてくれたのはこの親方なんだ。『奴らの面倒をよく見てやるがいい。だが、一番大事なのは、羊たちと信頼関係を築くことだ。動作はすべて的確に行うこと。均衡のとれた動作に心がけよ。水がいっぱい入った大きな壺を運ぶときは、走ったりしてはいけないよ。』親方はこう言ったものだ。

あなたは一度くらい厚く敷きつめた美しい秣のなかで寝たことはありますか？　あるんですね？　それなら、二晩も寝ると、私たちは人間が変わってしまうということはお分かりですね。まるで蒸留酒を飲んだように酔ってしまうんですよ。朝になるといつも、ブスカルルは指を広げた手を俺の頭に押し当てて、俺の目を見つめて、こう言ったものです。『お前は抵抗している、坊や。お前はまだ抵抗しているぞ。よくないことだ。』そして、事実、牧草の酔いに対して俺が全力を挙げて抵抗していたことはあなたにも隠しません。しかし牧草は何よりも強いものです。というのは、牧草は時間のなかでは限界がないし、時間のはじまりから終りまでいつでも同じものを望んでいるからですよ。あるとき、ブスカルルが無言で俺の目をじっと見つめるということがありました。彼の黒い鬚のなかにかすかな微笑が読み取れました。午後になると彼は俺を羊の群れがいるところに連れていきました。小屋のドアを開いた彼は、俺たちがなかに入ってからそれを閉めました。そうして俺たちは薄暗がりのなかでじっとしていました。この日、彼が何か忠告するということはありませんでした。俺の身体を借りてまるで他の男が行動しているように俺は振る舞ったものでした。動物たちの臭いがあまりにも強烈だったので、怖いほどでしたよ。

しばらくすると、周囲の様子がいくらかはっきりと見えはじめてきた。丸い屋根窓から蜘蛛の巣を貫いて少しばかりの明かりが射しこんできた。一匹の大きなモンスズメバチがそうした濃厚な息吹に支えられて易々と小屋のなかを泳いでいた。ブスカルルはひと言だけ発した。羊の頭はすべて俺たちの方を振り向いた。動物たちの目は、屋根窓からの明かりを受けて、夜にきらめく星のように輝きはじめた。羊たちの頭蓋骨のなかで、ありとあらゆる脳髄の小さな球が鳴り響いているのが聞こえてくるようだった。

『イエスさまは、あらゆる神のなかでもっとも小さな神なんだ』とブスカルルは言った。『羊飼いは、羊飼い以外の何者でもない。まずひとりの神があって、俺たちはすべてその神の身体だった。そのあと、俺たちはその身体の断片になってしまった。イエスさまは、ほかの誰よりも大きな断片だった。それだけのことだよ。大きな神々が存在しているので、若者よ、お前の習慣を作り上げていくにはそうした神々からいろんなことを学ばなければならない』

羊小屋から出てくると、『さあ、横笛の吹き方を教えてやろう』とブスカルルは言った。

耕作地の向こうの方にある、干し草の大きな堆積のところまで行く必要があった。俺たちは二人だけで夜が更けるまで笛の演奏を行った。どうやって指を穴に当てるかを親方は俺に教えてくれた。俺も頭脳の限りを尽くして覚えようとした。だが、俺の指の関節に油が充分にさされていないために、指を離すのが早すぎたり遅すぎたりした。それから親方は息の吹きこみ方を教えようとして、まず自分で吹いて見せた。そして熱くなっているフルートを俺に手渡した。柳の枝でできたリードを舐めてみると、大蒜とワインの味がした。ブスカルルの息が残っていたのだった。羊飼いの息がまだフルートのなかに残っていたので、最初のいくつかの音はうまく出た。ついで、海の空虚よりももっとがらんとした空虚のなかに俺はひとり放り出されてしまった。この中空の小さな葦の棒を使って音楽の重みを支えるのは俺にはきついことだった。

『お前は抵抗している』ブスカルルは言った。『お前はまだ抵抗している。奥底まで入っていくんだ。身体を預けろ。身体を柔らかくするんだ。自分がフルートを吹いているということを考えずに、無心に息を吹くんだ。そうすればうまく吹けるようになるだろう』

親方の言ったことは当たっていた。戦闘に疲れて、風に吹き飛ばされる穀粒のように、すべての星たちが空のなかを駆けめぐるようになるときまで、俺は吹いていた。不意に湧き起こる跳躍力のように力が心の奥底からこみあげてきて、俺の気持が次第に軽くなると、フルートの管に息を吹きこむことにより俺の心のなかが空洞になっていった。優れた泉が黒い水を吐き出していくような具合だった」

「俺たちの農場は大きかった。二万頭の羊を飼っていた。街道に沿って並んでいる五棟の大きな羊小屋が冬のあいだそんなにたくさんの羊を養っていたわけだ。羊たちは、その季節になると、干上がった沼地にある痩せ細った牧草地に行き、植物の根元に置かれた塩を舐め、サラダ菜を食べる。牧草の間を飛びまわる蝿のような蜜蜂は、俺たちの農場の周囲に花はないということを知っているので、俺たちが暮らしている地域から十キロ以上離れた場所まで飛びたっていく。

素晴らしい出発の朝、ブスカルルは農場全体の指揮をとり、厳しい態度で舵取りをはじめた。みんな口も利かずに忙しく立ち働いていた。俺はもう数のうちに入っていなかった。しかしながら、俺の指をとってフルートの運指を教えてくれたのは親方だったし、羊たちの目の前に俺のような取るに足りない若造を連れていってくれたのもやはり親方だった。その親方は、頭陀袋のまわりで忙しく動きまわっている助手たちに目をくれないのと同様、俺にも一顧だにしなかった。水門が上ると水が流れ出るように第一の出口から羊の波が流れはじめたとき、羊の所有者は花柄の美しいチョッキを着て、前に進み出た。羊たちの鼻が鳴り、ギャロップの音が聞こえ、羊たちは垣根をよじ登った。広大な野原の果てにある遠くの農家から、犬たちが吠えるのが聞こえてきた。親方はまっすぐ所有者のところに向かった。彼は黒光りしており、熱い木タールピッチのようでとても触れられそうになかった。彼は言葉を発した。俺にはそれが見えた。この猛烈な騒音のなかでその言葉は聞こえなかった。白い歯が見えたし、口髭がまくれ上ったし、ブスカルルがまっすぐ埃のなかに唾を吐き捨てたので、それと分かったのだった。俺には親方の言葉が見えたし、所有者が、親方への敬意は払いつつも、すっかり恥じ入って、立ち去っていくのが見えていた。そして親方は所有者の背中に視線を突き刺していた。俺に言えるのはこれだけだ。俺たちにはみなそれぞれ自分の立場というものがあるんだよ。

秩序が戻ってきた。人間の隊長が羊たちの言葉で空に向かって長々と叫ぶと、その叫び声は濃密に力強く流れはじめた。すっかり驚いている街道では、すべての石がもう軋みはじめていた。カササギやヤツガシラの吹き流しが、祭りの幟のように、俺たちのまわりではためいていた。祭りだ、そう、これは長いあいだの望みを実現するための祭りなんだよ！

そこで、羊たちの先頭に立って最初の一歩を踏み出す前に、号令をかけながら白い街道を歩きはじめる前に、親方のブスカルルは、俺が紐できつく縛ろうとしていた荷鞍に近づいてきた。親方が鉛のような手を俺の肩に載せたので、シャツを通して親方の汗が感じられた。俺は振り向き、親方を見つめた。それはもう同じ人間ではなかった。親方は噴き出る汗で光り輝いていた。『若者よ』親方は言った。『自分が一人前の人間だなどとうぬぼれてはいけない。お前は羊を知っている。知るとは、出発する［羊たちからいったん離れる］ということだ。これから好きになろうと努力するんだな。好きになること、それは羊たちとふたたび合流するということだ。そうすればお前はしっかりした羊飼いになれる』

ああ！　自分が羊飼いの助手にすぎないということくらいは俺にも分かっていた。だが、しっかりしたやり方に関しては俺だって一、二を争うくらいだった。それに親方は俺の手をとってフルートの指使いを教えてくれた。急に俺のことを忘れるなんてことはありえないはずだということは分かっている。二万頭の羊を導いていくことができる頭脳の持ち主なのだから、そんなことは考えられない。

それなのに、親方は俺のことを忘れてしまっていた。少なくとも、どう考えてもそう思うしかなかった。

皮を剥がれた肉のように赤い平原を何日も何日も俺たちは歩いた。俺は荷鞍を積んだラバを引いていた。そのため、ラバのかたわらを歩き、ラバが糸杉の陰などを嗅ぎつけたり、イラクサに向かって口を伸ばしたりすると、俺はラバの鼻面を軽く叩いた。舞い上がる埃で目が焼けるようだった。埃は情け容赦なく口のなかに入ってきた。舌にへばりつき、喉の奥では泥と化した。千頭もの羊がその向こうを歩いているが、風が急に止む場合は別にして、もう一頭のラバを引いているすぐ前の男の姿を見ようなどと考えない方がよかった。後ろの男の姿を見るのも無理な話だった。間もなく、風は俺たちのところまで下りてこなくなってしまった。俺たちは濃厚きわまりない土埃に飲みこまれてしまっていた。途方に暮れ、羊の群れに混じって砂利のように転がっていくだけだった。親方のあの愛情でしっかり包みこまれた魂を俺は持ち運んでいた。何キロも前方でみんなの先頭に立って歩いている親方が、街道に道を切り開いているということを俺は知っていた。ときおり、膝のあたりに入れている小さくて丸いフルートに手で触れてみるのだった。そのフルートは、ポケットのなかでナイフの角製の柄に当たってかちかちと音をたてていた。雄山羊の革でできた水筒のなかには一リットルよりいくらか多めの新鮮な水を入れていた。ときおり俺はその水を少しずつ飲んだ。時間が長く引き伸ばされていくような感じだった。時間はすっかり地上に伸びきっていた。自分の足を前に運ぶことによって、その時間を端から端まで踏破する必要があった。ときおり、大きな幽霊のような糸杉が砂埃のなかから俺の前にいきなりぬっと現われたりした。その糸杉は、俺には何の関心も示さずに、俺のかたわらにある自分の道をたどり、俺もまた自分の道を歩いていくのだった。砂埃の向こうから、背丈が低くて青白い農場の建物が俺たちを見つめているというようなこともあった。俺たちの後ろでは、落伍者たちの呻き声があたり一面に響いていた。夜になると、驚くと首と手足を甲羅のなかに引っこめてしまう亀のように、開口部をかたく閉ざした小さな村で俺たちは立ち止まった。俺たちの下で生気のあるものは何もなかった。後ろで荷鞍を積んだラバを引いていた男と、同じく前の男が、痛む足を引きずって俺のところにやってきた。俺たちはそこにたたずんで、もうもうたる砂塵が地面に落ちていく音を聞いていた。

前の男が言った。『親方はヴィル＝ヌーヴ＝レ＝ゾルジュを通り過ぎた、と荷車引きが言っていた』と。

あるいは、『親方はリュベロンの谷のサン＝ラファエル＝デ＝ロッシュの向こうまで行っているとも聞いたぜ』とも。

そして不意に俺はあの広大な土地に対して絶望感を味わった。俺たちの足がこれから踏み越えていくことになっているこの広大な大地に絶望を感じたのだよ。眠っているあいだに、世界の球体の、つまりこの世界の大きな球体の夢を見たんだ。その夢のなかでは、サーカスで木製の球をまたぐことがあるような具合に、脚を大きく広げてその大きな球体をまたぐ必要があった。そして、そんなことをしたもんだから、俺は腹から胸にかけてまっぷたつに切り裂かれてしまった。

ときとして、後ろの男が『農家が……！』などと言っていた。

しかし男はそれ以上は何も言わなかった。ただ唇をもぐもぐと動かしているだけだった。奴はそこに恋人を置き去りにしてきたからだよ。

そこで、俺はその農家のことを考えていた。地球が一億回転したあと死滅してしまった森林の何層もの土壌の下に埋まって、とっくの昔に消え去ってしまったものに思いを馳せるような具合に。

それから、俺たちは出発した。命令はなかったが、それぞれが勝手きままに歩きはじめた。あるいは、大気の翼に乗ってやってきた無言の命令に従って出発したと言うべきかもしれない。羊たちは立ち上がり、ラバたちも立ち上がった。動物たちのあとに続いていく必要があった。俺たちは砂埃がもうもうと泡立つ広大な大地を歩きはじめた。

こうして何も考えずに夜になるまで俺たちはただひたすら歩いた。身体の痛みや、身体のなかに突き刺さってくる大きな疲労の棘が、泣きたくなるほど、感じられるだけだった。夕闇が訪れると、樹木の葉がたくさんあるひんやりした村で十二時間の大休止となった。その村は、木に実っている桃の果実を思わせるような心地よい村だった。二人の仲間はそれぞれの場所で眠っていた。物音が落ちてきてそれが丈の高い楡の木々に反響していくのが聞こえたので、泉が歌っているのだということが分かった。水があるんだ！

それは蜜蜂のように鼻面が平らな美しい泉水だった。その泉水は三つの口で同時に三つの長い水の物語を語っていた。その物語はクレソンや生き生きした魚や鰻や蛙に満ちあふれていた。泉水は、足をきれいに洗うように、大きく口を開けて存分に飲むようにと誘うような口調で語りかけていた。

俺が泉水の方に歩いていると、子羊が脚のあいだにまとわりつきはじめた。顔が洟まみれで、口さえ開けられない状態だった。涎も垂らしているので目が見えなくなっていた。頭が漆喰の塊のようになってしまっていた。その子羊はかぼちゃのような頭で縁石を叩いて新鮮な水を求めていた。

そこで、俺はその子羊を両手で抱きかかえて、身体を洗ってやり、手に水をためて親指をおしゃぶりさせることによって、水を飲ませることができた。子羊を放してやると、水しぶきを太陽光線に飛び散らしながら、子羊は母親のもとに戻っていった。

ブスカルル親方が俺の手をとって葦笛の穴の押さえ方を指南しながら教えてくれたのは、フルートの吹き方だけではなくて、人生全般にわたることだったのだということが、その夜、俺には分かった。『吹いていることを意識しないようになれば、うまく吹けるだろう……』と親方は言ったのである。

俺は水盤に写っている自分の顔を見つめた。俺の顔だということが認められなかった。少年から大人に俺は変わっていた。さらに大人からすっかり羊飼いになっていたのである。汗の輝きに目が眩みそうだった」

そこで、羊飼いは声の調子を変え、私に乾燥無花果をいくつかくれた。

「この他には、サリエットで包みこんだチーズが六個、この葉っぱの下にある。いくらでも自由に食べたらいいよ」

「ラ＝クロワ峠の近くにある高地の牧草地で俺たちは夏を過ごすことになった。氷河が牧草地の全体を掌中に収めており、牧草地は空に接するほどの高みまで持ち上げられていた。大きな氷の手が牧草を育んでいた。それは健全な動物なら例外なく小躍りして喜ぶような豊かな牧草だった。牛乳のクリームを思わせるようなシモツケソウが濃厚に茂っていた。牧草地を歩くだけで、エスパドリーユの裏は草の汁で緑色に染まるほどだった。

俺は一日中仰向けになっていた。ときおりフルートを手に取って縮れたような小さな音を出した。俺の血は鎮まった。だが俺は自分の経験をしっかり心のなかにしまいこんでいた。次第に、とりわけ夜になると、俺はブスカルルの言ったことに思いを馳せた。そして偉大な神々の足音に耳をすますようになった。

羊飼いとしての最初の姿を映してみたあの泉水の水を俺がごくごくと飲んだように、俺は空［大気」を長々と飲み干した。

羊たちはくぼ地の全体と斜面にまで広がっていた。貧乏人のように痩せ細っている村があったが、その近辺まで羊たちは近づいたりした。

これからあなたに秘密を話すことにしよう。

羊飼いの本当の仕事、それを教えることができるのは空だけなんだ。これ以降の人生のなかで、俺はブスカルルが言ったあらゆる言葉を長いあいだにわたって吟味し、検討し、一方の手からもう一方の手へと受け渡してみた。そして分かったのは、その言葉が二つのことを言おうとしているということだった。ひとつは俺がすぐに理解できたことだ。もうひとつは時間をかけて少しずつ理解していくことができた。『イエスはあの広大な沖合ではない。イエスとは、あの小さな夜の断片だ。ほら、あの上にある、星をひとつだけ伴っている断片だよ。』キリスト生誕を祝う飾りのところで先ほどまで歌っていたばかりの小僧にこう言ってみるがいい。小僧は星を見つめ、その星を指し示している指を見つめる。小僧は分かったと言う。しかし小僧は何も分かっていない。

小僧はすべてを理解したわけではなかったのだ。

しかし、俺くらいに年齢を重ねた男だと、その言葉を何年にもわたりひとりで何度も噛みしめてきたので、そのたびごとにいくらかずつ増加していく男としての経験が思索に加味されることによって、二番目の意味が、まるでランプが灯るような具合に、見えてくるというような可能性が開けてくる。

ひとつの星。たったひとつの星だ。さて、たくさんの星が満ちあふれている夜空を見るがいい！あそこには世界のさまざまな力がある。これが秘密だよ！

この秘密は次のようなことを意味する。『小僧、お前さんは俺たちの牧人が言うことを聞いた。牧人はお前に、産婆さんの手ではなくて羊たちと同じように麦藁に受け止められた赤ちゃんの美しい話を聞かせてくれた。その赤ちゃんを産んだのは処女だということを牧人は語った。羊たちは処女だ。羊たちは生命を産み出す行為を汚したりしない。羊たちはただたんに生命を作り出すだけだ。羊たちは茂みのなかに入っていき、赤ちゃん羊たちを連れて出てくる。そうすると、すぐに新鮮な鼻面で生命を探り当てる赤ちゃん羊たちは、すぐさま大いなる知恵で重くなっていく。そのことは人間たちにとっては驚きである。秣桶、麦藁、雄牛、ロバ、処女、その誕生。こうしたことは人間たちにあっては健康な羊の誕生を意味する。これが大いなる教訓だ。だからして人間たちは子供を十字架に架けてしまったのだ』

こうしたことをすべて心得ていたら、いろいろと役に立っていただろうに。しかしあのときの俺にはまだ分からなかった。だから俺はフルートを吹いていた。

このフルートの演奏のことだが、ブスカルルが葦笛を俺の唇に当ててくれたのは偶然のことではなかった。このフルートは空についての知識のすべてであり、泉を誕生させるために斜面の多孔質の肉体に突き刺す葦でもあったのだ。俺はフルートの先端を空に突き刺していたことになる。俺はもう一方の端に口を当てていた。そこから出てくる音楽は、俺の身体を空で満ちあふれさせることによって作り出したのだが、それは雑音でしかなかった！

山にたどり着くと、ブスカルルはすでに何人かの副隊長を選んでいた。俺たちの副隊長はル・ポンテ出身の肉を食う男だった。物知りの男で、ブスカルルとほとんど同じくらいいろんなことを知っているのだが、物事を開始させるための重要な言葉を発言することができないという点だけが異なっていた。それはこの副隊長がほとんど生の肉が好きなので、身体にあまりにも血が染みこみすぎているということに原因があった。

ある夜、彼が心配事で目を曇らせて俺のところにやって来たことがあった。奇妙な顔つきで羊たちを見つめていた。

『小僧』彼は言った。『コルヌ＝ブランシュの方に行って、ブスカルルに会ってきてほしい。俺からだと言って〈惑星からの便りはありますか？〉と訊ねてきてくれ。それ以上は何も言う必要はない。そして彼の返事をそのまま教えてくれればいい』

俺たちの羊の群れは、牧草地にまんべんなく広がらずに、大きな群れごとに固まり合って震えていた。

俺は出かけた。夜遅くなって、親方の角灯が見えてきた。親方はそのそばに坐っていた。〈ヴェルメイユ〉放牧地の牧童たちや、ノラント周辺の牧草地で羊の番をしている牧童たちもいた。みんなで三十人くらいいただろうか。彼らは杖に身体をもたせかけ、ブスカルルの方に顔を向けて耳をすましていた。ブスカルルはひと言も口をきかなかった。

話しかけようとしたところ、『分かっているぞ！』と言われたので、『それで？　それでどうしたんですか！』と俺は言った。

そこに居合わせた牧童が顔でブスカルルの方を指し示してくれたが、ブスカルルは下を向いて黙っている。そこで俺も杖に身体をもたせかけ、他のみんなと同じ姿勢で待った。

『羊たちを叩いたのは誰だ？』低い声でブスカルルは言った。

『俺です』とひとりが答えた。

『前に出ろ』

がっしりした体格のアルラタンという牧童だった。蝉のように黒と灰色だった。

『俺が言いたいのは』ブスカルルは男から目を離さずに続けて言った。『お前が理由もなく叩いたかどうかということだ』

アルラタンはしばらく自問自答していた。それから
『そうだ、俺は理由もなく殴った』と彼は言った。

『それじゃあ、村に下りろ。まだ間に合う。そして村に残れ』親方はこう言った。

『それほどのことなんだ』と俺の横にいた羊飼いが口を開いた。そして彼は注目を集めるために腕を挙げ、言った。

『俺も叩いたよ、親方』

ブスカルルは羊飼いを見つめた。『もういい。先ほど言っておくべきだった。俺にはみんなが必

要なんだ。救えるものは救っておきたい。ともかく人間がいるんだ。それが本当のことで、お前が殴ったというのなら、運を試してみろ。俺はお前を離さない。お気の毒だけどな』

それから親方は訊ねた。『それで、犬たちはどうした？』

氷河に当たる月の照り返しで、まるで昼間のようにはっきりと見通すことができる小径の向こう側で、犬たちが頭を低くして谷間に向かって疾走しているのが見えた。

こうしたことすべてを伝えるために、俺は副隊長のもとに戻った。そしてあの羊飼いが言った『それほどのことなんだ』という言葉の意味を考えていた。かなり奇妙な災禍の深みに少しずつ入りこんでいるにちがいないと俺は言う必要があると思った。

俺は自分の考えをル・ポンテ出身の副隊長に言った。

副隊長は俺に空を指し示したが、俺には何も見えなかった。

『昨日太陽が沈んだときのことを思い出してみるんだ』

俺は思い出そうとしたが、何も覚えていなかった。

『お前は硫黄の臭いを感じなかったかい？』

『感じなかった！』

そうすると俺は思い出した。昨日、太陽が沈んでいくちょうどそのときに俺はフルートを吹いていた。そのフルートを持ち上げて、指穴を嗅いでみたところ、たしかに、硫黄の匂いがしたのだった。

『それが惑星だよ』副隊長は言った。

いつものように夜明けが訪れた。品質の悪いミルクのように相変わらず凝固している俺たちの羊の群れを除けば、変わったことは何もなかった。俺たちの牧用犬は相変わらず震えており、絶えず俺の足元にまとわりついてきた。俺は副隊長の小屋に行った。

『マシマン』と俺は叫んだ。

しかし小屋はもぬけのからだった。毛布、革袋、杖、水筒などを持って彼はすでに出発してしまっていた。俺が背筋に寒気のようなものを感じたとき、牧用犬がやってきて、誰もいない小屋の匂いを嗅ぎ、俺を見つめ、羊たちを見つめ、さらに牧草のなかを二歩小股で歩こうとした。羊たちは眠っていた。犬は大股のギャロップで跳躍していった。そうすると、羊たちが身体を起こした。それは了解事項だった。羊たちは立ち上がり、普通目覚めた羊たちがするように頭を振ったりしなかった。そんなことはせずに、犬が疾走していく下で草がたてるしゅっしゅっという音を聞き取るために、また犬が跳躍していく道筋を読み取るために、羊たちはすぐさま耳を動かした。向こうを走っていった犬は、急に立ち止まり、周囲の情勢を読み取った。まず地面にうずくまってから、地面に潜んでいるはずの道をたどって俺のところに戻ろうとした。そうすると、互いに腹と腹を接触させていた羊たちの大きな塊が、犬が走ってきた道を押しつぶすために動きはじめた。

俺は杖を手にとり、『フェド！　フェド！』と叫びながら走りはじめた。そうすると、『お前が叩いたのなら、お前には悪いが仕方がないよ』と俺の耳に向かって言っていたブスカルルのような声が聞こえてきた。

そこで俺はその小さな丘で立ちすくみ、周囲を見渡した。

羊たちの塊はすべて、草のなかを雲が流れていくように、動いていた。羊たちは大きな円弧を描きながら、真新しい鳴き声で互いに連絡しあっている計画にのっとって、走っていた。すっかり動転した牧用犬は、羊たちの群れの中央で踊っていた。ついに羊たちは犬を取り囲んだ。犬は最後の時が迫っていることを知った。犬はもう闘わなかった。羊たちは犬のまわりで間隔を詰め、犬を飲みこみ、踏みつけ、犬の死にいたるまで長いあいだ踏み続けた。そこには、それはそうされるはずなのだという絶大な意識が働いているのが感じられた。

俺は岩壁の方に走った。そこから、俺たちの牧草地と〈ヴェルメイユ牧場〉とノナントの一部を見渡すことができた。顔の上に帽子を置いて地面に長々と寝そべっている親方の姿や、恐怖のために唇が白くなっている痩せぎすの羊飼いたちが十四名いるのが見えた。

下はまるで雷雨が襲来したようだった。谷間を所狭しと羊たちの群れが押し寄せていた。柵を引き裂き、俺たちが立っている岩壁に当たって跳躍する羊たちは泡立っていた。地面を引き裂きながら、奔流のなかの水のほとばしりのように、羊たちは決然とした速歩で走っていた。そうした物音に混じって、下の村から警鐘が鳴っているのが聞こえてきた。夕闇が押し寄せると、親方は顔の上に帽子を持ち上げ、俺たちに言った。『火の数を数えるんだ』

監視用の火を数えるために俺たちは目の焦点を合わせた。俺たちの火はもうすべて消えてしまっていた。遠くに見える山の広大な斜面には、アルルやクローやカマルグやアルバロンの羊の群れがいた。『親方、クローの火は五、アルバロンの火は三、カマルグは十です』と答える声が聞こえた。

『しっかり見るんだぞ』と親方が言った。

俺たちは目を見開いた。目が痛くなるほどだった。しばらくそうしていると、誰かが叫んだ。

『親方、親方、消えていきます。アルバロンではもうひとつしか残っていない。クローとアルルはもうなくなってしまった。もう何もない、親方。もうみんな消えてしまった』

親方はふたたび横たわり、帽子で目を覆った。彼はひとり言のように言ったが、その声はみんなに聞こえた。

『あそこでもそうなのか？ それじゃ、これは大反乱だな』

以上が、羊飼いになったばかりの俺が見たことだ。この羊たちの反乱は百年に一度しか許されていない。硫黄の匂いとともに空から送られてくる命令なんだ。俺が見たこと、俺がやったことはこの通りだった。

俺はフルートを取り出し、自分のためにそっと吹いた。自分の心のそうした恐怖と、神秘の大きな声をフルートで表現した。その夜は、世界には、羊たちのめーめーという鳴き声や、鐘楼の鐘の音や、木製の家々の軋みや、男や女たちの叫び声や、山々の階段を転がり落ちてくる怒りをこめた激しい流れなどの、恐ろしい物音がとどろきわたっていた。

ブスカルルは言った。『みんなのためにフルートを吹くんだ』

そこで、俺は空気をたっぷり吸いこみ、息をまん丸にして、みんなのためにフルートを吹きはじめた」

★

夕闇が訪れる頃だった。谷間からあふれ出る夕闇と真新しい鉄のように輝く空のあいだにある丘の上には、陽射しを受けている小さな牧草地が見えるばかりであった。私たちはセゼールの家まで登っていった。麦打ち場の前にいるセゼールは、両腕を垂らし、両手は重そうな粘土を持っていた。炉が煙っていた。

草でできた小さな住居のなかで、羊飼いは折り曲げた腕に載せて羊の乳で作ったチーズを運んでいた。

「羊が通りすぎていくのが見えた」チーズを口に入れる合間にセゼールは言った。「大地が震えていた。羊たちは街道いっぱいに流れていったよ」

私も朝に見た羊の群れのことを口にした。ミラボーの狭窄部分を通過していった羊の大きな流れや、泉の近くで休憩していた羊のことなどを話した。

羊飼いは私たちの会話を聞いていた。そして彼は郵便局のカレンダーを見せてくれと言った。彼はカレンダーを見つめ、指の先で日付を指し示して、こう言った。

「今日だよ。というより今晩だ。夜に行われるからな。セゼール、出かけようぜ」

セゼールは白髪の妻と赤毛の娘と子供たち、さらに私を見つめた。

「それで、この人は?」と彼は言った。

「この人も連れていこう」

羊飼いたちの集会に出かけるのだろうと私は思った。万事が即座に決定された。白髪の妻はゆっくりした話し方で忠告した。「外套を着ていきなさい。毛布も持っていって、この方には爺さんのジャケットを出してきてあげなさい。」しばらくすると、私はいくらか不安な気持になってきた。それから、羊飼いはカレンダーの裏側に印刷されているこの県の地図を見つめた。白く塗られている未知の土地に彼の指が伸びていくのが見えていた。そこでセゼールが言った。

「シャブリヤンの馬を借りる必要がある。そのためには、すぐに出かけないと。ぐずぐずしていると、農場の門扉まで閉まってしまうからな。馬が借りられないようじゃ、時間がかかりすぎだよ」

そこで私はそっと訊ねてみた。

「遠くまで行くの?」

「ここへ行くんだ」羊飼いは言った。

私は彼の指先を見た。マルフガス高原だった。

私はマルフガスについては人の話を聞いて知っているだけだった。セゼールと羊飼いの大きな葉叢を備えた頑丈な樹木の枝の下にある住まいを発見する前に、露天商たちからその土地について何回か聞いたことがあった。それによると、そこはともかく世界の果てだということだった。とりわけ博労のピエリネの言ったことを私は覚えている。手を斜めに半分はカフェのテーブルの上に載せ半分はテーブルの外に置いて、彼はこう言った。「マルフガス、あれはすごいところだ。まだいくらか大地につながっている。いやはや大したところだよ！……ともかく、上も下も空なんだ。空のなかに突き出た土地というわけさ。大空が、それを吸いこもうとする口のように、この土地の周囲を囲んでいる。分かったかい？」当時は分かったつもりだった。今はもっと分かっているはずだ。当時はその土地のイメージが理解できていた。今では、カレンダーの裏側のかぼそい地図に置かれた指や、馬を借りるセゼールが、爺さんのジャケットを着こんだ私を、口のような空に吸いこまれているその土地の方に運んでいってくれるだろうということが分かっている。

シャブリヤンの農場に行くと、門扉が閉ざされていた。

「俺には悪い予感がしていた。急ぐと、いつもこういう具合になるんだ」セゼールは言った。

私たちは足や拳で門を叩いた。金具や鎖ががちゃがちゃと鳴り響いた。私たちは叫んだ。

「バルトロメ！　バルトロメ、おおい、目を覚ませ。もう起きたかい、まだ起きていないのかい？」

農場はぐっすり眠っており、門はかたく閉ざされたままだった。犬たちが、しかし、中庭で吠え立てていた。

「騒ぎたてているようだ」羊飼いは言った。「奴らはいないのだろうか?」

「いったいどうしたのだろう?」セゼールは言った。「何か災厄があったのだろう。女の子がいるはずだ。あの子をひとり置いて出かけていくはずがない」

彼は「バルトロメ!」と叫んだ。しわがれ声で。さらに、

「叫びすぎたので、もう声がうまく出なくなってしまった!」とも。

しかし、このとき、閉ざされた鎧戸の周囲にかすかな光の線が見えた。鎧戸が半開きになった。

「誰なの?」女の声がした。

「ああ! あんたはアナイスだな?」ほっとして、セゼールは叫んだ。「小さな女なのに、なんとよく眠るんだろう! バルトロメを起こしてくれよ」

「あんたは誰なのよ?」

「ああ! アナイスよ、耳を大きく開けて聞いてくれ。壺作りのセゼールだよ。分かるだろうが。おおい、バルトロメを頼むよ!」

「あの人はいないよ」

「どこにいるっていうんだい?」

「村に出かけているのよ」

「気が狂ったのか！」

「そうじゃないわよ。パンクラスと会う必要があったんだけど、パンクラスは夜にならないと帰ってこないというので、あの人は待つしか仕方がなかったのよ」

「ビジュ［宝石、馬の名前］と二輪馬車を貸してくれないだろうか？　三人でちょっとしたところまで行く必要があるんだ。バルトロメはいいと言ってくれているんだよ」

アナイスは一瞬沈黙したあと、言った。

「あたしはドアを開けたくないのよ。夜は怖いから、ドアは開けない。バルトロメを待ってちょうだい」

「だけど俺たちにはのんびり待っている余裕がないんだ。アナイス、あんたは頭が狂ったのかい？　俺だということは分かっているんだろう。俺の声が聞こえるだろう。この話し方で分かるじゃないか。つまり、もう一度言うが、俺はセゼールだよ。セゼールと羊飼いのバルブルスと町からやって来ている俺の友だちだ。さあ、いいかげんにドアを開けてくれよ！」

彼女は窓辺であれこれ考えあぐねていた。むき出しの腕で閂にもたれかかっていた。そしてセゼールがあれこれと言うことに対して「そうだけど、しかし」と反応していた。

「そうだけど、しかし、時には……、いろんなことがあるからね。声はたしかにそのようだけど、そうでもないようにも聞こえるし、何しろ夜だから、何かと不都合なことがあったりする。セゼールのようだけど、ドアを開けると、とんでもないことが……」

セゼールはいらいらして、麦打ち場につながれたラバのように地団太を踏んでいた。またバルブルスは髭の奥でののしっていた。ちょうどその時、耐風ランプを持ったバルトロメが帰ってきた。角灯が彼の影を一キロ向こうから運んできた。

「ああ！　いいよ」と彼は言った。さらに「もちろん、いいとも」とも言った。ゆっくり挨拶をする余裕はなかった。セゼールは彼をドアに押し付けた。そして、そこから家畜小屋に向かうと、間もなくすっかり馬具をつけたビジュが現れた。

「閉めてくれ、閉めるんだ」セゼールは叫んだ。「話している余裕がない。すぐ出かける」

地面の突起を二つ越えると、私たちはいくつかの丘が連なっている大きな波のなかを進んでいた。バルトロメが角灯を掲げている門扉から私たちはすでに遠ざかっていた。

レイヤンヌの鐘楼から聞こえてくる鐘の音から判断すると、夜の十一時頃のようだった。風が吹いていたし、激しく揺れる荷車のせいで、はっきりそうだとは判断できなかった。大きく波打っている固い大地を走る荷車は、がたぴしと呻き声をあげていた。

さらに、私たちがル・グラン＝サン＝ボワの砂漠地帯に入っていくと、星々が荷枠の縁まで寄りかかってきた。

「三時間かかるだろう」羊飼いは言った。

私たちの案内人はセゼールだった。彼は空を見つめて私たちが歩むべき道を探っていた。彼の言うところによると、空の星たちが道を指し示してくれるのだそうだ。

「いいかい、あの星とあの星のあいだを進んでいけばいいのさ」と彼は言う。そして、ビジュを目覚めさせるために彼は手綱をぐいと引っ張った。ビジュの身体はすっかり眠っていたのだった。

私たちは、まるで渦巻きの底に下りるように、くぼ地の底に下りていった。そうすると、私たちが歩んできた空虚な航跡でくぼ地の顎が音をたてて閉まるのが聞こえたりした。あるいは、星たちのかすかな物音を聞きながら、もろくて震えるような丘の頂上まで登っていくこともあった。

盛り上がっているところのない広大な平地を進んでいくというようなこともあった。静かな足取りで私たちは高原の上を滑っていった。砂の上を歩むビジュの大きな蹄が波のような音をたてていた。その音を聞いていると、私たちの前方に他にも船がいくつか走っているのではないかと思われるほどだった。そうすると、まるで錨を下ろしているように、じっと動かずに停滞している船たちが見えてきた。案内人が革製の舵をぐっと引くと、暗礁のようにざわめいている大きな栗の木に接触しそうになったりした。私たちは飛び跳ねながら疾走していたので、夜の闇が泡だっていた。猪のような重々しい泳ぎは、ビャクシンの茂みの腹を切り裂いた。私たちの荷車に乗っているのは三人だった。星々を頼りに道を探していくセゼール、無言の羊飼いバルブルス、そして私。自分が乗っている船の下から聞こえる大地のあえぎを耳にしたときから、私は子猫のように途方に暮れてしまった。そして両手でしっかりセゼールのビロードの上着にしがみついていた。

私たちは大きな出っ張りに到着した。バルブルスは大声で叫んだ。セゼールは両腕に力を入れて私たちの躍動を止めた。私たちは三人とも荷車の震えている底板の上に立ち上がった。はるか彼方にあるデュランス河の遠くの深淵に向かって、高原は下降していた。頭上にまたたく多数の星が灰色の光を降り注いできていたので、ヒースやラヴェンダーの短い泡立ちがいくらか見えていた。さらに、ずっと遠く向こうの下の方で、デュランス河の鱗[のような水面]がきらめいていた。

「遅すぎた」バルブルスが叫んだ。

彼が指し示している前方を見ると、四か所で大がかりな焚火がすでにうずくまっており、それらはもう燠火になってしまっていた。高原の大きな斜面のいたるところで、羊の群れが流れていた。羊たちの姿は見えなかったが、滝のように流れ落ちていく羊たちの物音や羊飼いたちが鳴らす笛の音が聞こえてきたし、羊たちを規則的に歩かせるために夕闇のなかでゆるやかに揺れている角灯の明かりも見えていた。アルプス山地に通じる街道はすでに小川のような音を響かせていた。遅すぎた！　羊飼いたちは出発しているところだった。

広大な大地が、私たちの前で、まるで海のなかに飲みこまれるように、沈んでいった。

Ⅲ

ここ数頁にわたって水や海に対する固定観念を読者の方々は感じられたのではないだろうか。それは、羊の群れというものが液体状のもので、海を想起させるからである。

クローからアルプスにいたるあいだにある川という川はすべて干上がっている。急流といえども蝉や蜥蜴を押し流しているだけである。羊たちの群れは、埃の猛火と棘のなかを登っていく。そのとおりだ。しかし、自分の腹で大地にやすりをかけながら進んでいくこの流れ、この羊毛、この単調で重々しい音、こうしたものを糧にして羊飼いたちは響きのある動作や海の重量を兼ね具えた魂を自分で育成していくことになる。

夏の日々を迎えると、山のなかの平坦な場所を選び、羊飼いは草の上に横たわって空と向き合う。雲は海草のような生命を持っている。乳房のような形をした波のあいだで花咲いている海草は、女性の乳房に当てるミルク吸い取り用のスポンジのようだ。時おり、沖合が真っ青になるとき、北風が通過していったあと、風をたっぷり受けた白くて小さな帆が水平線の彼方にある遠く離れた港を目指して進んでいく。

つまり、水や海に対する羊飼いたちのこうした愛情、高地のまっただなかにいながら、水先案内人、舵棒、帆、波、砂、泡、飛翔、水泳、深淵、そして底などという言葉を使いたいというこの固定観念、さらに水や海に対して彼らが持っているこの美しい友情、こうしたものが羊飼いたちの身体のなかに深く染みこんでいる。羊たちの親方という仕事は、まるで水のように指のあいだを流れていくようなものなので、その仕事をしっかり捕まえることができないからである。汗や羊毛の匂い、汗まみれのまま陽に焼かれる男の匂い、雄羊や雄山羊の匂い、子供を孕んでいる雌羊や乳の匂い、粘液に包まれて生まれてくる子羊の匂い、死んだ動物の匂い、放牧されている羊の群れの匂い、こうした匂いは、大海の塩水のように、人生そのものを意味しているからでもある。

サン＝マルタン＝レ＝ゾに帰ってきていると、美しい夜明けの光景から、丘の上にある村ドーファンが現れ出てくるのを目撃することができた。セゼールは私たちを橋の近くで待たせ、自分は近道を通ってビジュを家畜小屋に連れていった。羊飼いはラルグ川のなかに膝まで入っていった。水の上に身体をかがめて、水のなかの緩慢な生命の動きを探っていた。ナスのように丸々と太ったニゴイを手でつかみ上げ、さらに穴のなかからたけり狂っている長いウナギを引っ張り出した。このウナギは彼の腕を叩いて暴れていた。セゼールは緑色のピーマンを両手一杯に抱えて戻ってきた。その時、空の一部が乳白色に染まり、美しい一日の開始が告げられた。私たちが陶器工房に戻ると、若い魔術師もまたやってきた。彼女は痩せこけ、埃まみれで、夜のあいだにあちこち走りまわったために細いふくらはぎが今にも崩れ落ちそうだった。彼女は私たちの荷車を追いかけてきたのだということを私は了解した。まだ生きているウナギが皮を剝ぎ取られた。皮は風を受けて膨れあがった。網の上に載せられたニゴイは、葡萄の枝が燃える火の上で、焼けはじめた。フヌイユ入りのクールブイヨンと焼き魚である。若い娘は魚に入念に油を塗っていた。

羊飼いは少し働いた。雌羊のジョゼフィーヌがお産をしたと私に耳打ちしてから、羊飼いは子羊を干し草の束で摩擦するために出ていった。彼はまずその子羊を私たちのところに連れてきた。全身を震わせているその子羊は、ねばねばしており、呆然自失の状態だった。産まれたばかりの子羊の匂いは、私たちのスープや燃えている火の匂いと混じりあった。そして夜明けの匂いが漂ってきた。それは目覚めた大地やふたたび生命を取り戻している樹木の香りである。空は太陽の下でかすかに呻きはじめた。

臆病なアナイスのせいで前夜見損なったものには名前がつけられている。それは夏のサン＝ジャンの日の夜に毎年羊たちの親方たちが演じる大地の壮大なドラマである。

★

慣れ親しんだ道を通って私はマノスクに戻った。歩行と私に具わっている体力とウナギのスープが血を作り出してくれた。そこで私はまるで石ころのように道を歩いた。しかし私は精神に関わるあの大事件に飢えていた。もうそのことしか考えていなかった。美しい花のような空や、私のまわりで飛ぶことを学習しているヤツガシラに無感動になってしまっていた私は、ただひたすら歩くだけだった。そして私の思考もまた、その年に産まれたばかりの鳥のように、飛翔することを学んでいた。私の思考は産まれたての子羊のあの匂いの方に向かっていった。

もうのんびりしてはおれない！　私はセゼールに手紙を書いた。内容は以下の通りである。

次のようなことをお願いしたい。私のために日にちと時刻を調べて、知らせてほしい。情報を集めて、正確なことを突き止めてくれ。ひとつの意見より二十の情報がほしい。この件に関しては君に万事を任せる。というのは、君も知っているように、私はこの件に関するすべてから遠ざかっているからだ。つまり、安易な生活から完全に離れる術を知らないし、いつもの生活に慣れている家族がいるからでもあり、マノスクは大きな町ではないとは言ってもやはり町であることには違いないからだよ。私が言いたいことは分かってくれるだろう？　すべてを君に任せているということを知ってもらうために、こんなことを言っているのだよ。私が「行動を開始すべき」時刻を知るなんてことはありえないというのは自分でよく分かっている。丘に出かけて何日も何日も過ごす必要があるだろう。しかし赤いスカーフを巻いた男が通り過ぎるちょうどその時に私は目を閉じてしまっているだろう。そしてチャンスを見逃してしまうだろう。しっかり見張っていて、ほぼ正確な瞬間を私に教えてほしい。私は、夜でも昼でも万難を排して出かけるつもりだ。電報を打ってくれれば、すぐさま私は登っていくよ。アナイスとバルトロメにも前もって知らせておいてほしい。もっと早く歩く馬を君が見つけておいてくれればありがたいのだけれど……。ああ！　その通りだよ、セゼール。私の生活は君の生活と同じだった。穴を掘って、愛する人たちだけとそこで一緒に暮らすことだ。魔法使いの娘がひとりいれば言うことないだろうね。今では、そんなことは私にはもう手遅れだよ。君のまわりにいる皆さんを抱擁してくれ。

そして私はバルブルスあてにひと言付け加えた。名刺代わりの封筒に「羊飼いに」と私は書いた。羊飼いへのメッセージは次の通りである。

バルブルス、私の言いたいのは次のようなことだ。羊飼いたちの例の集まりをもう見逃したりしてはならない。羊たちのこと、羊たちの反乱のこと、サン＝マルタン＝ドゥ＝クローに埋葬されている君の親方のことなど、君は私に話してくれた。そのため、私はどうしてもあの集まりのことを知りたくなっているのだ。赤いスカーフを巻いた男を見守っていてくれるよう、私はセゼールに手紙を書いた。君も知っている通り、セゼールはいい男だ。しかし彼には仕事があるので、いつも街道を眺めているというわけにもいかない。私は確かな情報がほしい。だから君にも一筆書いているところだ。君は大空で展開する出来事を察知することができる。

「ワシの影で俺は目覚める」と君は私に言ったことがある（覚えているだろう）。また「それは同じことだ」とも君は言った。私のために一肌脱いでくれ。よく見張っていてほしい。羊飼いたちが劇を演じるとき、私はその場に居合わせる必要がある。その理由を言っておこう。彼らが口にする言葉を紙に書きとめ、羊飼いというのはただの羊飼いであるだけではないということを示すためにその文章を世に発表しようと考えているからだよ。羊飼いは、君も言うように、羊たちの親方なんだ。君の手を固く握り締める。

これらの手紙を出したあと、私の気持は三日間平静だった。マノスクとシミヤーヌを往復する乗合馬車の御者として働いているラルデレが、私のところまで返事を持ってきてくれた。それは、セザールからは「いいよ、任せてくれ」、バルブルスからは「大丈夫」という文面だった。

私としてはもっと断定的なことを言ってきてほしかった。

あるとき、私は真夜中に目が覚めた。水が籠（かご）を通過して流れるように、時間がいたるところから流れ出てしまっているように私には感じられた。カレンダーは階下の台所にある。確認するために降りていけば、階段で音を出したり、椅子をひっくり返したりしてしまうので、家の者を不安にさせてしまう。だから、ベッドの上でじっと坐っていた。さて、昨日は木曜だった。現在、二月だ。風が暖炉のなかを吹きぬけている。葉のなくなったバラの枝が窓ガラスをひっかいている。六月二十四日までたっぷり時間はある。まだ二月なのだから！　クローでは、羊たちは小屋のなかにいる。アルルやサロン［サロン＝ドゥ＝プロヴァンス］のカフェで、羊飼いたちはロト［カードを使った遊び］に興じている。まだたっぷり時間はあるのだから、眠ろう。

別の日、漆黒の闇夜で、季節を指し示すものは何もなかった。かつての六月の体験が私の周辺に生き生きとよみがえってきた。牧草地に水まきをする物音、樹液を噴きだしている無花果の匂い、繁茂している大きな葉、そして風。こうしたものすべてが軽やかだった。私は呼吸を止めてみた。沈黙が途絶えることのない唸りで私の耳を塞ごうとしてきた。

もう一通の手紙をセゼールに、別の言伝をバルブルスに、私は書いた。

注意してくれ。間もなくその時が来る。今は五月だが、私にはもうその時が見えてきたよ。

そうすると、ラルデレが二人の返事を持ってきてくれた。

心配するな。

ある朝、私は日めくりカレンダーの五月三十一日を破り取った。六月が、まるで緑の蜥蜴のように、その下にそっと潜んでいた。

最初の日は動きが何もなかった。二日目は、いくらか不安で、真新しい空の下で長い風に吹かれて漂っていた。しかし、三日目になると、羊たちの流れが南の丘や西の峠にあふれてきた。顔から汗を吹き出している羊の大群がその地方を前進していた。

そして、やっとのことで、電報が届いた。中身は開かれ、しわくちゃになっていた。どうやらマノスクに住んでいるおそらく百人以上のジャンが読んだものと思われた。宛名がただ単に「ジャン様」となっていたからだ。「前進だ！」と書かれていた。差出人はセゼールだった。

「そう」私は電報の配達人に言った。「そう、これは私宛のものです。安心してください。内容は分かっています」

「確かですか？」

「確かです」

そこで私は湾曲している愛用の杖を手にとった。空は羊の群れの大音響を相手にしてボール遊びに興じていた。丘という丘はすべて羊たちの鳴き声が響き渡り、震動していた。

彼らは万事うまく準備してくれていた。バルブルスはサン＝マグロワールの上にある楢の林が開けているところで私を待っていた。彼は柳の木材でできた長いラッパを持ってきていたが、そのラッパを陶器工房に向けてたっぷり息を吹きこんで長々と吹いた。

彼は私に説明した。

「まずこれは『用意するんだ』という意味。次にこれは『大丈夫、彼はやってきたよ』という意味だよ。俺たちはさんざん心配していたんだぜ！」

そして、麦打ち場にたどり着くと、馬の用意はすっかり整っており、いつでも出かけられる状態だった。セゼールは御者台に乗っており、白黒のぶちの小さな雌馬を両手でしっかり御していた。雌馬は踊るように尻を優雅に動かし、荷車の舳先に飛沫のように震える長い尻尾をぶっつけた。雌馬は四つの蹄をいらいらした様子でかちかちと鳴らしていた。

私たちはすぐに乗りこんだ。バルブルスは奥に入り毛布の上に坐った。爺さんの上着をかぶっていた私は、水先案内人の横に腰を落ち着けた。このたび、私たちは目が黄色い魔法使いの少女を連れていくことになっていた。

あまりにも急に出発したので、四人とも「あ!」と言っただけだった。この叫び声は感じやすい雌馬を刺激した。雌馬は腰を大きく振ってまるで魚のように跳躍していった。そうすると、すぐさま私たちが走っていく両側で草の泡が噴出した。

丘の大波のなかのあの最初の遊泳を、生涯にわたっていつまでも私は記憶しているであろう。サン=ミシェルの方に下っていくあの野生的な斜面の近道をセゼールはたどっていったのだが、舷側が高すぎた私たちの荷車はタイムの波に向かって右に左に揺れ動いた。だから私たちは支柱にしがみついていた。あるとき、

「かがむんだ!」という声がした。セゼールは私たちを船倉の底にうずくまらせた。私たちは栗の木の泡のなかに低く垂れこめた枝をかすめて全速力で走り抜けていった。

また別のときには、平らな平原のまったただ中で、糸のようにまっすぐに伸びている私たちの航跡

のおかげでいささか安心していたところ、大きな波が押し寄せて、空に届くかと思われるほど高くまで私たちを持ち上げたりした。私たちはくるぶしが軋むほど激しく斜めに落ちた。そこで「遭難のときは、梶棒の上に飛び乗り、そこにしがみつくことにしよう！」と私は考えた。

最後に、二つの車輪が硬い街道の上にがたんと垂直に落ちこんだ。セゼールは雌馬を止め、額の汗を拭い、手綱を取り直して、訊ねた。

「何時だい？」

ああ！　このとき私たちは航海に必要な道具はたっぷり備えつけていた。

バルブルスはチョッキのなかを探り、大きな時計［ボタンを押すと時刻が表示される時計］を取り出し、音を鳴らした。

「八時だ」彼は言った。

「それなら、大丈夫」セゼールは言った。「では、前進だ！」

手綱の飾り紐で、彼は雌馬の尻を叩いた。


夕闇が押し寄せてきた。

私たちは速歩（トロット）とギャロップの中間くらいの大股の力強い足取りでオングルの村を切り裂いていった。曲がり角の標石が私たちの車の車輪の鉄に当たって火花を散らした。私たちが巻きあげる土埃をよく見ようとカフェから何人かの人が出てきた。そこから私たちはリュール山の支脈の先端を迂回し、谷間に入っていった。その谷間は、私たちの行き先に剥き出しになった岩の高波を逆立たせていた。サン＝テチエンヌのプラタナスの木の下で立ち止まり、私たちは角灯に火を灯した。それは底に穴があいているだけの壜で、そこに蝋燭を嵌めこむという仕掛けの角灯だった。バルブルスが私たちの頭上でその角灯を手で掲げていた。

私たちはリュール山に沿って進んだ。そのつづら折りの道は、高い丘に蛇行して登っていくためのありとあらゆるカーブで断崖になっていた。絡まっている蔦を思わせるようなヘアピンカーブの連続だった。氷の塊のように冷たくてがっしりした突風になって、高地の息吹が舷側から流れてきた。バルブルスは全身で蝋燭の火を守っていた。さらに彼が外套の端を広げたところ、帆がはためく音が聞こえた。雌馬は全速力で疾走した。土地がでこぼこだったので、私は腹をくすぐられるような感覚を味わった。広大な沖合の大波は、私たちを大地の波が広がっているところまで運んでいった。

あるところを曲がると、谷間の入口に入りこんだ私たちは、風に直面した。蝋燭は消えた。鼻面に正面から風を受けた雌馬は、暗闇を前にして四本の脚を踏んばり、いったん立ち止まった。セゼールは暗闇のなかでそっとまわり道をした。私は荷台の枠板にしがみついていた。

「マッチの用意をしてくれ」

風が私たちの横腹に吹きつけた。車輪が二回転すると、風は後ろから吹きつけるようになった。

「火をつけろ」

そして私たちはふたたびギャロップで走りはじめた。

クリュイスを通りすぎた。

「時刻は?」セゼールが訊ねた。

「蝋燭を持ってくれ、娘さん」

バルブルスは時計を取り出し、音を鳴らした。その間、私たちは立ち止まらなかった。

「九時を少し過ぎたところだ」

「けっこうだ。さあ、前進だ!」

「蝋燭を渡すんだ、娘さん」

最後の丘を越えると、私たちは空のまっただ中に入りこんだ。

「おお!」セゼールとバルブルスが叫んだ。

「おお!」私もこう叫んだ。

「ああ!」娘も私の耳元でそっと叫んだ。

しっかり手綱を引かれている雌馬は、水面を叩くと水飛沫が跳ね上がるように、後足で立ち上がった。私たちはすでに到着していたのだ!

見渡す限り、黒い大地の上に、羊の群れの重々しい海がひたひたと音をたてていた。その海は私たちの雌馬の足元からはじまり、マルフガス全域に広がっていた。夜がすっかり更けていたにもかかわらず、そうした状況はよく見えていた。すべての星が地上に降りてきていた。そして、当直用の火や、演劇用の四つの焚火や、サン＝ジャンの祭りのためのたくさんの火などに照らされていたのは羊たちの目だった。ここマルフガスから、レ・メやペリュイやサン＝トーバンやディーニュなどの遠くの山々にいたるまで、あちこちで火が灯されていた。最後に到着してくる羊飼いたちが口笛を吹いたり、雌羊やラバたちがつけている鈴が鳴り響いているのが聞こえてきた。ずっと向こうのシストロンの方角から、犬たちの群れが、首を伸ばして、月の出ていない闇夜に向かって吠えていた。

「止まれ！　止まれ！　止まるんだ！」羊飼いたちは羊たちに向かって歌っていた。

男たちが、新たにやってきた羊の群れに向かって手を挙げ、走りながら通り過ぎていった。羊たちは彼らのまわりに集まりうずくまった。羊たちがヒソップを押しつぶして地面にひざまずく音が聞こえてきた。羊の群れの重いかたまりは、泥の渦巻きのように、ゆっくり回転していた。

「フェド、フェド」と、雌羊たちを落ち着かせるために、羊飼いたちは歌っていた。

丘の頂上で誰かエオリアン・ハープ［エオリアンという語は〈風の〉、〈風力利用の〉という意味］の演奏を試みている者がいた。楔を締めつけていた。弦が切れ、その呻きが風に乗って、その地方の奥底まで、デュランス河の低地まで流れていった。男たちの声が弦を持ってきてくれと要求しているのが聞こえた。タンポン［ジオノが考案した大型のフルート］の奏者たちは、まず明るい音色の音階を吹き、ついで警報の音符を吹き鳴らすと、恐怖の震えが、海の上を渡る風のように、羊たちの波を引き起こした。若い羊飼いたちが水の入った桶を運んできた。彼らのうちのひとりは、角灯で道を照らしながら、後ろ向きに歩いていた。小さなハーモニカが、ビャクシンの林のどこかに隠れて、鳴り響いていた。

「テウ、テウ、テウ！」羊飼いたちは羊たちを落ち着かせるために歌っていた。

すべてが沈黙した。

安らぎを与える「テウ」という呼びかけは、いたるところで歌われていた。そのあと沈黙が訪れ、そして何人かの親方たちの声が聞こえてから、ふたたび大いなる沈黙が支配した。

音楽の指揮者が試しに口笛を吹いた。エオリアン・ハープが唸った。口笛が聞こえた。そのあとは沈黙。

セゼールはすでに雌馬をつなぎ止めていた。確実につなぎ止めるために、掛け布団を用いて雌馬に足かせをかけた。

「こういう夜のことだから、何が起きるかということは誰にも分からない」

私たちは演技が行われるはずの麦打ち場の方に歩いていった。

羊飼いたちはすべてその周囲に坐っていた。二百人の羊飼いと十万頭の羊がいるにもかかわらず、ほとんど何の物音も聞こえなかったので、私たちが近づいていくのが聞こえてしまった。彼らは私たちの方に顔を向け、私たちが坐る場所をあけてくれた。私は上着の裾(すそ)の上にしゃがみこんだ。両腕は震えていた。私はノートと鉛筆を取り出した。バルブルスはノートを支えるための板切れを私に差し出してくれた。

四つの大きな火があたりを照らし、草と土の広大な舞台を区切っていた。ちょうどまんなかに男がひとり立っていた。彼は待っていた。舞台のまんなかにいる男は、自分の心のなかからあふれ出てくるものをじっと待っていた。私は今でも覚えている。それは背の高い痩せぎすの男で、視覚の喜びを食べる人、幻影を食べる人であった。赤々と燃える大きな火に照らされた彼の鼻は鳥のくちばしのようだった。赤いスカーフをロマ風に結んで頭にかぶっていた。不意に、彼は手を挙げて夜に挨拶した。エオリアン・ハープから唸り声が流れた。内にこもったフルートが泉のような音を出した。

「マグロが大謀網にかかるように、世界は神の網のなかにとらえられていた……」男はこう言った。

大地と天空の向こう岸まで、男の声は届いたはずである。

Ⅳ

人々は何度も――私がこの羊飼いたちの上演について話すたびに――その祭礼が秘教的な伝統に

基づいているかどうかを私に訊ねたものだ。私には確かなことは何も分からないが、あれは祭礼ではないと思っている。羊飼いたちの〈上演〉と言っているのは私であって、彼らは「演劇をやろう」と言っていた。いずれにしても、当たっているところもあるし、的外れのところもある。真実を見出すためには、長期間にわたって彼らとともに放牧地で過ごし、彼らと友好関係を築き、ともに大蒜をすりこんだパンを食べて暮らし、夏の夜のあの長い物語を聞くといったことが必要になってくるであろう。今日から一年後にいたるまで何も変わるものがないということであれば、そうした体験から私は白くて美しい羊毛を取り出す［美しい結論を導き出す］ことができるであろう。私には今では紛れもない羊飼いの友だちがひとりいる。彼はサン＝トゥリュバ農園の親方で、名前はヴェネランドという。来年の夏には私が彼と一緒に高地で数か月を過ごすということはすでに了解済みである。

つまり私が思うには、また今のところ私が思うには、これはたんなる上演、たんなる気晴らしである。だがそれは羊飼いの親方たちの気晴らしなのだ。その他のことに関しては、いよいよ年齢を重ねているバルブルスが万事を説明できるかもしれない。バルブルスは夢想家で、泉の単調な魅惑でさえ存分に味わうことのできる人物である。彼が説明できないことはすべて、雲の陰の下に隠れてしまっている。それにもちろんのことだが、例のル・サルドがいるではないか……。

しかし、ル・サルド［サルデーニャの男という意味でもある］について、まず説明しておこう。赤いスカーフを巻きつけたこの痩せこけた人物から、犬が身体を振ると水がはじけ散るように、すべての演技が開始するので、ル・サルドは作者だと言うことができる。彼はさまざまなイメージの産婆役を果たしている。その上、難産の雌羊のお産を介助してやる類いまれな産婆でもある。彼の手は長く、筋張っており、小さな魚のように繊細である。彼の両手が作った水路に誘導されて生まれてきた子羊を彼がすべて受け取るとしたら、大規模な羊の所有者よりも彼のほうが豊かになってしまうであろう。イメージや演技についても同様のことが言える。イメージや演技は、夢や美しくねじれた蛇座などを重々しく孕んだ状態で、彼の周囲に待機している。それらの中央に陣取っている彼は、演技の産婆役をつとめる。演技を誕生させるのは、さらにそのたびごとに新鮮な演技を誕生させるのは、彼の仕事である。というのは、演技はそのたびごとに真新しくなって生まれてくるのである。毎年毎年、同じ言葉や同じ役割が繰り返されるということがまったくない。毎回ドラマは、生まれてくる子羊のように血と塩の匂いを持っている。羊飼いたちがそれぞれ創作するからである。語り手であるル・サルドは、みんなを導いていく糸を手で操っているのであろう。その糸はおそらくいつも同じものなのであろう。その可能性はある。しかしながら、彼の周りにいる羊飼いたちは、暗闇に坐っているので、かがり火のところまで進み出るまで、私たちにはその姿が見えない。しかもその羊飼いたちがいつも同じ羊飼いであるというわけではまったくない。バルブルスが私に言ったことを読者のあなたも私に言うことであろう。

「あの羊飼いが役を演じるのは五年前からだ。あちらの羊飼いを見るのはこれで二度目だ。向こうの羊飼いたちは新入りだ。クロード親方の助手たちだが、ル・サルドは素晴らしい言葉を操ることができるので、彼らにどう言ったらいいのかすぐに会得させてしまうだろう」

「そうじゃないよ、バルブルス。同じ羊飼いが上演にさいして二度ここに坐っているなどということは絶対にない。『あの羊飼いは五年前からだ』と君は言う。その通りだが、あの男は五年歳を重ねている。五年分豊かになっているんだよ。あれ以来、あの男は、世界という広い空間でいろいろと経験を積んできている。もうあの時と同じ人間ではない。だから、五年前に言ったことや、一年前に言ったことを繰り返したりすることはない。この新たな一年のうちに学んだことのすべてを発言のなかに投入するだろう。夢というのは、バルブルス、君も知っているだろうが、羊飼いが節約して貯めてきたもののことだよ。だから、間もなく、この一年のあいだ貯めてきたものを彼は、まるで少年がお祭り騒ぎをするように、奮発して惜しげもなく使うだろう。

もっと言ってもいいだろうか？

いつの日か、というよりいつかの夜に、ル・サルドはふたたびここにやってきて、手を挙げて挨拶するだろう。周囲を取り囲んでいる丸い暗闇のなかにおそらく若い羊飼いがいることだろう。そうだよ、バルブルス、一杯になって今にも氾濫しそうな若い羊飼いのことだ。そこで、彼が『海よ』とか『河よ』とか『森よ』などと呼びかけると、この若い羊飼いは前に進み出て話しはじめるんだよ。そこで君たちはみんな耳を傾けるということになる。君たちは親方であり、何が美しいかということくらいは心得ているからね。君たちは羊たちの責任者だし、君たちの自尊心や悪意が我が物顔に振る舞おうとするときでも、君たちは何よりもまず自分自身を律することを心得ているからだよ。だから、若い羊飼いは余裕をもって話すことができるので、彼は将来の上演の指導者になるだろう。ル・サルドは彼に赤い羊毛製のヘルメットを与えるだろう。そして君たちの夢の大群は彼のうしろにつき従って別の牧草地に移動していくであろう」

しかしながら、このマルフガス高原や、雨に引っかき傷をつけられたこの黒い土地や、砂の鉋で削られ平らなテーブルに変えられてしまっているこの岩や、怒り狂う空の下で背を反らし毛織物の外套をかぶっているこれらの樹木たちや、この人気（ひとけ）のない静寂や、この大きな声、こうしたものを眺めていると、私たちの精神は気高い悲しみと高地の思い出とにすぐさま感動してしまう。牧草は緑色がかった金色である。風がその牧草を逆立てると、大地と同じく昔からある牧草の根元があらわになる。剥き出しになった頁岩（けつがん）は、太陽の下で痙攣して軋み、ありとあらゆるこだまを響かせながら急に街道まで流れ落ちる。そのあと、すべてが静寂に包まれる。石ころの流れは止まり、頁岩は軋む。マルフガスは植物的ではない生命を営んでいる。そこに生えている樹木たちは沈黙することを習熟してしまっている。マルフガスは大地と石の生活を自由に楽しんでいる。青い岩石や粘土採掘場や痙攣している砂のまぶた、こうした肉でできた軽いカーテンの下で、世界の内的生命が鼓動している。

森羅万象がここでは宗教だ。押しつぶされた草のなかに、神々の寝藁がある！

小さな村は、地面すれすれに横たわっている四軒の家と、滑車つきの窓という狡猾な見張り台を土手の上に突き出しているので〈監視人〉と呼ばれている納屋、こうした建物で構成されている。それ以外の壁は平らで窓がない。塗料が塗られていない石は、風に浸食されている。ドアに取り付けられている油で光る頑丈な差し錠は、受け座のなかを、大きな黒い鼠のように、静かに重々しく走る。この地方の住人たちは、震えることなく遠くまで見通す視線を具えている。彼らの視線は、男や女や丘や分厚い空などを突き抜け、事物の核心に向かう。

この高地の前進基地では、それ故に、祭壇や犠牲の石としての役割を果たすための準備は万端整っている。しかしながら、もっと単純な理由で、羊飼いたちはこの前進基地を上演の場として選んだのであった。

コー地方では、羊たちはゆったりした暮らしをしている。ところが、暑いさなかに、狭い道路を歩き、水のように濃厚な濃い塊となって移動し、羊たちは密集している。羊たちのまわりには、今ではもうさわやかな空気などなくなってしまっている。

そのようにして、羊たちは、土地の値段が高い地方を横切っていく。郵便切手くらいの狭い場所で、人々はポロ葱やパセリや桃や杏や葡萄を栽培して小金を蓄えている。そんなところで横たわってみるがいい！　耳元で鉄砲をぶっ放されることだろう。そこで、平らな道を土埃をもうもうとたてて進んでいくことになるのだが、街道に沿って立ち並んでいる電柱からそれるということはない。しかし、みんながたったひとつだけ欲求を持っているのは確かなことだ。それは大地にたどり着きたいという欲求である。そう、大地なのだ！　ポロ葱やパセリや桃の土地は、大地と呼ぶわけにはいかない。そこは、乾燥人糞や堆肥や家畜の糞や牛糞などが交じり合ったところなので、人間が腐敗しているところなのだ。そんなところはご免こうむりたい！　そんな土地ではなくて、大地、偉大な土地、私たちの大地なのだ。それは大洪水があったあとでも、そのまま残っているような大地なのだ！　乾燥している大地で、誰でもゆったりと暮らせるような大地なのだ。

そしてマルフガスこそ、そういう大地なのだ。

さらに、私たちがマルフガスまでやってくると、私たちがそれまで歩いてきた道のりは百キロ以上であり、なおこれから歩くべき道のりも百キロ以上残っているような地点に到達していることになる。だから、私たちには堂々と休息する権利がある。道路わきに横たわってもあなたの内部で「そんなところで休んでは駄目だ」と叫ぶものは何もない。そこは休憩地なのである。私たちの休憩地として優れた場所である。大きな水溜りのようなところだ。水のような羊たちは心置きなくそこに広がり、ひたひたと音をたて、そして眠りこむ。最高に美しいのは、大きな広がりなのだ。夜の断片や臆病な樹木や風の自由な身振りなどに似ているこの大地のそのような要素に、人が注目するなどということはない。そういうことはありえない、しかし羊たちはくつろいでいる。羊たちは四方八方から吹いてくる風で水浴びしている。羊たちの汗が、まるで丘に火を放ったかのように煙っている。シャトーヌフの養蜂場で羊の毛のなかに入り、ここまでやってきた蜜蜂たちは、そこから抜け出て、このあまりにも純粋な大気のなかをぎこちなく飛翔し、タイムやニガヨモギの茂みのなかに落下する。雌羊たちはお産をする。雄羊たちは鼻面の穴を北風のまっすぐな流れのなかに差し入れ、新鮮な風を脳髄一杯に満たし、あまりにもたくさん吸いこみすぎた風をくしゃみで振るい落とす。そして陶然となって身体を震わせる。悪意を持った人々は、もう遠く離れたところにしかいない。

ここでは、大地も人間も、すべてが真新しい。アルヌラの農場に行けばワインがあるし、七か所の素晴らしい水源には水がある。娘のようにふっくらとしている泉水は、すべて泡立っており、満々と水が湛えられている。実のところ、その水はあまり愛想よくないし、ヒルガオやイグサやツルニチニチソウや苔の陰からではなく、剥き出しの岩の唇のあいだから湧き出てくる。しかし、そんなことは大したことじゃない。いつも何かの飾りが必要だとでもあなたは言うのだろうか？　冷たい水はそういう水だからこそ好ましいものだとあなたは思わないだろうか？　二十日のあいだプロヴァンスのありとあらゆる大地から立ちのぼってくる土埃のなかを突き抜けてきたあとで、そのようなことにうるさく文句をつけたりする者が誰かいるだろうか？　水は青い頁岩から出てくる流れのなかにひっそりとたたずんでいる。水は青いヤグルマギクの青さである。その水が飾り紐のねじれを戻すと、白い心臓が光るのが見えてくる。だからして、みんなは休憩する場所としてマルフガスを選んだのである。私たちは恐怖を測定するのに同じ尺度を使用するわけではない。私たちにとって、この地方は広大で、快適で、平坦である。アルヌラのところに行けばワインがあるし、七つの泉の谷には水が流れている。ここには平和が、足の喜びがある。以上がこの土地で休憩する理由だよ！

さらに、ここはいわば掘り出し物の場所でもある。私たちには一年のあいだ心のなかにしまっておこうと考えるようなことが時としてあるだろう。「このことはマルフガスで言うことにしよう」などと私たちは考える。

こうして、ごく自然の流れでこういう習慣が生まれてきたのであろう。

くたくたに疲れきった羊たちと、重くなった足を引きずっている羊飼いたちが、マルフガスの瘠せた土地に集合している。夕闇が押し寄せる。彼らは火を燃やした。満天に星がきらめく夜の闇のほかには何もない。星空の下に大地があるだけだ。大地は空で区切られている。世界ができた最初の日々のように、何人かの男たちのまわりに羊たちの海が広がっている。みんなは焚火の方に寄り集まった。そのとき、ル・サルドがそこにいた。彼は、上空に輝いている星や、私たちの下に広がっている大地に関するさまざまな物語を語った。彼が語ったのは、夜を過ごすためであり、さらに彼の心のなかを世界の魂がきらめきながら動きまわっているからであった。

次の機会に、彼に「ル・サルド、立ち上がれよ」と言う羊飼いがいた。彼は立ち上がって話したが、その時は、前よりいくらか羊飼いの数が多かった。「例のル・サルドの話だが、お前さんもぜひ一度は聞いてみたらいいよ!」といったことが、牧草地から牧草地へと繰り返し伝えられていったからである。

その次の機会には、「みんなで劇をやったらどうだろうか?」と言う羊飼いが何人かいた。「ル・サルドがリードしてくれるだろう。俺たちもそれぞれ何か語ったらどうだろうか。ル・サルド、あんたはどう思う？」そこで実際にやってみたところ、じつにうまくいった。そうした羊飼いたちの内面では、宇宙の魂が、太陽光線が水のなかに差しこむようにきらめいていたからである。

さらにその次の機会には、あるいはこの時だったかもしれないが、みんなの歓喜に包まれて、言葉を支えるためにフルートの音色が切々と奏でられた。

こうして、その時から、詩人の魂を持った男は生き生きと歩くことができるようになった。彼は健康ではちきれそうだった。

★

舞台になるのは、すでに言ったように、歩けばおおよそ二十歩程度の正方形の空間である。それぞれの角には焚火が用意されている。焚火の炎は、松やヒマラヤスギの枝や、乾燥したタイムの束の上で踊る。薪と香草を蓄えている四人の羊飼いが、時おり火力が衰えると、葉のついた小枝を振りまわして燠に空気を送っている。重要なのは何と言っても役者たちである！　光が射してくるのは役者たちからだし、香気が立ちのぼってくるのも役者たちからである。松脂と焼け焦げるビャクシンの精油が、大気を濃厚にし、ガナゴビの向こうまで漂い、森のなかに点在する村を不安におとしいれる。

音楽がドラマを伴奏する。三つの楽器がその音楽を奏でる。最初の楽器から万事がほとばしり出てくるだけでなく、音楽のすべてが流れ出てくる。この楽器についての詳細は説明しないことにしよう。それは自由な歌い手である大地のことである。大地は私たちのまわりに広がり、動物たちや、羊の群れや、樹木や草や、風や水源や、谷底で唸っているデュランス河などの重量を担っている。それ以外の音楽は、エオリアン・ハープ、タンポン、そしてガルグレットが受け持つ。

エオリアン・ハープのことについては、どういう風にそれを製作するのかということと、それを演奏するために演奏者がどういう風にその楽器と溶け合うのかということはすでに話したとおりである。つまり樹木と風を演奏するということになる。人間のこの指使いと、時の主人であり空間を疾走するこの風の息づかい、両者の融合が神の声を作り出す。その声は恐怖の調和に満ちた奥底まで到達する。

それは羊飼いが考案した楽器である。ひそかに誰も知らないところで創作されたこのハープは、戦争より少し前の一九一二年か一九一三年頃に、ケラス地方[ブリアンソンの南に広がるデュランス河左岸の山岳地帯]の全域にわたって恐怖を引き起こした。純朴な人たちが暮らしている村のことだった。村人たちはメロンほどもある大きな甲状腺腫にかかっていたので、彼らは頭を垂れて地面を見ながら歩いていた。その地方には水が不足していた。岩の上に築かれた村は、地下深く穿たれた三本の井戸を持っている。それらの井戸は暗くて低く反響する。石の蓋で覆われた井戸の開口部は、一日中頑丈な鍵で閉じられている。夕方になってはじめて開き戸が開けられる。それは、女性たちが桶を引き上げ、水を満たし、鎖の錆で手を赤く染め、新鮮な水で足を濡らし、笑うのに足りるだけの時間なのである。ところで、くだんの羊飼いは水を飲みたかったのだが、その願いはかなえられなかったということである。井戸を開放する時間が過ぎてしまっていると言われたからである。彼は交渉した。甲状腺腫もちの男との議論は、いつでも叫び合いと石の投げ合いで終結する。わが羊飼いは牧草地に戻り、斜面を登り、ハープを作った。あとで、彼はそれを作ったのは気晴しのためだと言っているが、燧石を投げつけられて額にできた星型の傷のことはすっかり忘れてしまっていた。確かなのは、そのハープが偶然作られたとしても、偶然というものは偉大な名人だと言わざるをえないということだ。というのは、彼は水が流れ出てくる音そのものを再現できるようにそのハープを作ったからである。まるで大きな源泉の歌のような音楽が奏でられた。それだけではなく、その標高ではパン＝リールを入手できなかったので、その羊飼いは楢の木の枝にそのハープを吊り下げた。その結果、そのハープは普段より随分と大きなものになり、その音は蕪のような太くて長い根を伝って地中深くまで浸透していった。

音楽の最初の音を聞くとすぐに、村中の人たちはすべて耳をそばだて、唸り、桶や吊り桶、浅い小桶、水差し、壺などを手に取り、水が流れているらしい谷間へ駆けつけた。むきだしのくぼ地を流れているのは風だけであった。村人たちは目をこすり、互いに訊ねあい、周囲をくまなく見渡したが、水らしいものは何も見えなかった。しかしながら、水の音はやはり彼らの周囲から聞こえてきた。熱いナイフのように鋭利な石が敷き詰められている谷間には、水は流れていない。谷間の岸辺でそのハープの歌を聞いた彼らは、清流を欲するあまり神経を高ぶらせ、柔軟な大気のまっただ中で泳いでいる人間の身振りを真似しはじめた。頭から岩壁に向かって身体を投げ出し、植物の棘のなかに長々と横たわり、皮膚を擦りむき、引っかかれ、もがき、甲状腺腫をかきむしり、血だらけになり、絶望と欲求で陶然となった。夜が押し寄せたので、井戸を開く必要があった。井戸を開けてみると、そこから、弱々しかったがいっそう黒々としている例の歌が立ちのぼってきた。それは岩壁の奥深くまで突き刺さっている楢の木の太い根の魔力によって、先ほどまでそのあたり一帯に鳴り響いていた音楽であった。

そこで、とんでもない狼狽が生じた。地下に潜んでいる流れが急に決壊したために、自分たちの水が流失していくと彼らは思いこんでしまったのである。カリストは自らの手で水に触れようと自分の井戸の底に下りていったが、彼がふたたびあがってくることはなかった。サン＝タンドレのくぼ地を見下ろしている麦打ち場に集まったすべての村人たちは、まるで狼たちの家族のように、彼の死を悼んで叫びはじめた。わが羊飼いは、あまりに遠くまで足を延ばしたので、そっと引き返して、ブリアンソンの領土を通りかかった。サン＝タンドレの猟師たちがハープを見つけ出し、弦を断ち切ったところ、平和が静かに舞い戻った。

だから、それは加減しながら鳴り響かせる必要のある音楽なのだ。あまりに低弦を使いすぎるのはよくないが、出発点として低弦を利用し、まるで踊り場から飛び立つように出発して、明るい音符の翼に乗って舞い上がるといいだろう。低い音符には、鳩の歌声が秘めているような寂しさがこもっている。鉄の棒のようにまん丸でなく、波動とうねりで構成されている風は、くうくうと鳴き、抑揚のある音を出す。心地よい音が鳥たちの呼び声を思わせるとすれば、低い音は私たちの心の上にのしかかったり、その音を耳にすると雲が大きな鳩たちに見えたりするものだ。

ここでは、風のハープたちは、舞台となる麦打ち場から少なくとも大股で千歩は離れたところまで遠ざけられている。ハープに風の生命を吹きこむ必要があるので、ハープは稜線の上に配置しなければならない。それに、あまり近いところにハープを置くと、語り手の声を寸断し殺してしまうということになってしまうであろう。稜線の高いところに置くと、ハープはまさしくあるべき場所に置かれているという印象を与える。遠くから聞こえるその音楽は、演劇のなかでちょうど必要とされるような低音を提供することになる。

ハープは五台ある。そのハープは五人の羊飼いが演奏するが、彼らを操作するのは舞台に残っている六人目の羊飼いである。ある時は演奏するように、別の時には沈黙するようにと指示を与えるために、彼は指を使って口笛を吹く。

演劇が上演されているあいだずっと、この風のハープの音楽が流れている。その音楽は物語の筋を辿るわけではない。まるで世界の声を表現するようなその音楽は、だから、遠くから聞こえてくる単調な音楽である。

タンポンは九本の管を備えているフルートである。遊びと悲嘆を表現するフルートである。それは音階と二つのドを鳴らす。深くてとても低いふたつのドのうち、一方は音階の前で他方は音階のあとで鳴らす。これらの不安な音は歌の両端で警報を表現するよういつでも用意されている。

フルートしか演奏できない場合は、口の前で七本の管を動かして管だけに息を送りこむ。そうするとフルートの歌を奏でることができる。しかし、この楽器を長く演奏することによってタンポンに慣れ、この楽器を弾きこなすことができるようになれば、練り粉が熟成するための酵母が用意されたということになる。私の言うことを信用してほしい。歌が歌われている真っ只中で、この低音が、私たちが自分の心の奥底に秘めている暗い池を、備蓄されている涙を貯蔵するために、鳴り響かせることになる。そうすると、私たちは悲嘆の日々を稲妻がきらめくように思い出す。厳しい山々が現れ、まるで熊のように空高くまでよじ登っていく。そうすると、フルートの歌は生命を見事に表現し、日の光のように精彩あふれるそのフルートの言葉は、同時に喜びと悲しみという二つの感情で織り成される。

タンポンの奏者が本物かどうかということは、二つの際立った特徴によって見分けることができる。それは以下の通りである。羊飼いが坐ると、犬が彼のそばにやってくるが、羊たちは少し離れたところにとどまる。それがタンポンの奏者であるならば、羊が彼に近づき、その頭を彼の膝の上に置き、慰めを待つという光景がそのたびごとに見られるであろう。二つ目の特徴は、タンポン奏者がひとりでいるとき、彼が道を歩んでいるとき、十回も二十回もうしろを振り返るというところに見られる。彼は自分のあとをついてきているものを見ようとしているのである。彼の頭のなかではその足音が聞こえているからである。

ガルグレットというのは、水のフルートのことである。それには二種類ある。一方はニワトコの材木でできている。これはパイプと形容できるだろう。もう一方のガルグレットはニスを塗った土でできている。これは壺と形容できる。この楽器は鳥の歌を模倣する。

小さなガルグレットを使えば、ウズラやそれ以外のトリルのかかったようなさえずりを聞かせる鳥ならどんな鳥でも簡単に捕獲することができる。そのガルグレットはそうした鳥を見事に模倣するので、鳥を呼び集められるからである。完璧なまでに雌鳥をまねることができる。しかしながら、羊飼いが演奏するガルグレットはとても大きくて、その歌は鳥の歌と同時に馬のいななきを表現する。十本のガルグレットを心をこめて演奏する十人の男たちは、あなたをしびれさせてしまうような音楽を作り出す。翼のはえた馬が空を飛翔しているのではないかと空を見上げる余裕がかろうじてあるかどうかといったところだ。

楽器は美しいものではない。管あるいは壺のような形をしており、水を動かし飛び散らすために、強い息が要求される。演奏者たちはハンカチあるいはスカーフで頬を包帯する。ガルグレットの音楽は、動物たちに対して大きな力を発揮する。鳴りはじめるとすぐに、動物の雌だけでなく雄も、恋の活動をはじめる。ガルグレットは春の力を持っているからである。丘でただ一人ガルグレットを演奏している男のすぐ後ろには、すぐさま光が広がっていくのを見ることができる。その音楽を耳にした動物たちは、草のなかを歩きまわる。動物たちのありとあらゆる恋の闘いが行われる。彼の周囲に、まるで車輪のスポークを思わせるような具合に、その光の輪は拡散していく。

こうしてオーケストラの楽器のすべてが勢揃いすることになる。稜線の高いところには風のハープが、目の前の舞台のかたわらにはタンポンとガルグレットの奏者たちが陣取る。今回はみんなで十二名だった。すべてが創作である。音楽も同様である。彼らはその地方に伝わっている歌を演奏するわけではない。演奏者たちはこういう風に行き当たりばったりに音の世界のなかに飛び立っていく。演奏をはじめる前に、「みなさんにこの地方を見せてあげることにしよう」などと彼らは言う。それから演奏が開始する。

私が見たのはこういう光景であった。ハープは、空の街道の上を伸びていく大地の音を表現する。タンポンは言葉や足音や心臓の鼓動といったような人間の音を再現する。ガルグレットは、生まれ、愛し合い、唸り、死んでいく動物たちの音を受け持つ。私たちが急にまるで神の耳を授けられたのかと思えるほど、そういう音が聞こえてくるのである。


俳優に移ろう。まずル・サルドを挙げねばなるまい。舞台の中央に構えているこの男が、万事を開始する。他の俳優たちは観衆のなかにまぎれこんでいる。彼らが前もって指名されているということはない。彼らはそこにいるだけで、近くにいる人たちに向かって「いいかい、俺は話してみることにしよう！」などと言ったりする。

ル・サルドは自分の話が尽きると、例えば「海」などと呼びかける。そうすると、急に、私たちの近くにいる男が答えはじめる。「立ち上がれ、立ち上がるんだ！」とみんなは彼に向かって叫ぶことになる。

彼は立ち上がり、前に進み出る。ル・サルドの正面で立ち止まり、答える。そのときになってはじめて、ビロードの肘を横腹にこすりつけていた男が〈海〉なんだということがみんなに分かる。なるほど、彼が海なんだ。彼は海の声と海の魂を持っている。話し終えると、彼はその場にとどまる。彼は自分の役割を引き受けたのだ。そうした自然界の役割をそれ以降下りることがまったくない者まで出てくる。彼らは生涯のあいだずっと〈海〉であり〈河〉であり〈森〉である。「〈海〉がセーヌ［ディーニュの二十五キロ北にある標高千二百メートルの町］の左側で羊たちに牧草を食べさせた」とか、「〈河〉は明日下っていくだろう」などとみんなは言うだろう。ある夜、その海とその河があまりにも見事な熱演を披露したので、みんなは彼らを彼らの父親の名前［ファミリーネーム］で呼ぶことができなくなってしまったからである。そういうわけで、彼らはごく簡単に〈海〉や〈河〉と呼ばれるようになった。

話し終わったばかりの羊飼いは、ル・サルドとともに中央に残る。別の羊飼いがやって来て、話し、そして沈黙し、彼より前からそこにいる男の手を取り、そして待つ。演劇の終りには、毛織物を身につけた大きな男たちが互いに手を取り合うので、人の輪ができあがるということになったりする。

演劇の上演は歩み寄りと挨拶に尽きる。上演に参加するための歩みと、ル・サルドへの挨拶である。そのあとはその羊飼いを紹介する言葉が続く。そのあいだ、これから話す羊飼いは、両腕をだらりと垂らして待っている。二、三か所で、しかしながら、場面はきわめて単純でありながらも、それらの演技がじつに感動的で演劇のまさしく頂点に達していることがある。以下の頁では、この演劇を翻訳していくので、読者の方々にはそうした印象的な演技に注目していただけるはずである。

書きとめたテクストを翻訳してみると、毛羽立った悲劇的な言葉が混沌状態のままであるということが分かる。悲劇的というのは、そのなかにぎっしりと美しさが詰まっているのが感じられるからであり、それらの言葉を見ていると希望を抱くことができないからである。その言葉は、海辺の隠語のなかでも最高に野蛮な種類のものである。プロヴァンス語、ジェノヴァ語、コルシカ語、サルディニア語、ニース語、古フランス語、ピエモンテ語、さらに即席の必要性にかられてその場で思いついた言葉など、以上の要素が渾然一体となっている。こうした言葉は、叙事詩的なドラマを盛り上げるにあたって、素晴らしい道具としての役割を果たしている。叫び声やわめき声でさえ、長い朗誦になっている。模倣的なハーモニーは非の打ちどころがないので、身振りをする必要はなく、唖然としている観衆を尻目に、惑星たちの行列、大海の揺れ動き、空間のなかに大洋を失っていく地球の水にまみれた運行などが、平然と展開していく。読者の好奇心をかきたてるために私はこんなことを言っているが、読者はそうした類のものは私の翻訳からではとても読み取れないだろう。きわめて不自然なフランス語になってしまったが、それでも翻訳するにあたり私は全力を尽くしたつもりである。しかし、自由な男たちが用いる言語は、跳躍する動物のように精彩にあふれている。だから、檻の格子をいくらか開いたままにしておいた。

つまり、私のいたらないところは何とぞご容赦いただきたい。

V

夜。四方を取り囲む地平線は、遠くに見えるサン＝ジャン祭りのかがり火で虫食い状態になっている。

マルフガス高原。平坦で四角な地面の四つの角に、かがり火が燃えている。それぞれの炎のかたわらには、葉のついた重い枝を手に持ち、ひとりの男が立っている。この照らされた地面の周囲には闇が広がっている。ちょうどその闇の端に、泡立つブイヨンのように、ジャケットや外套やビロードの大きな上着などに身を包んだ羊飼いたちが坐っている。

ル・サルド。彼は立ち上がる。彼はまず右を、ついで左を見る。それと同時に右と左に沈黙が訪れる。

「それでは、はじめようか？」

ちょうどその時、その沈黙の他に何も命令するものはなかったのだが、ハープの音に促されて、風が舞い下りてくる。海のなかを歩く男の音を、フルートが奏しはじめる。

ル・サルド（彼は舞台の中央に進み出る。手を挙げて挨拶する。）

羊飼いのみなさん、聞いていただきたい。

世界は神の網(1)のなかにとらえられていた。マグロが大謀網にかかっているように。マグロが尾を振ると、泡が立つ。物音がすると、両側から風が湧き起こった。

神は膝のところまで空を持っていた。

ときおり神は身をかがめる。神は空を両手で持っているが、その空は指のあいだから流れ落ちる。それはミルクのように白かった。空には動物がいっぱいいた。蟻が大きな流れとなって動いているようだった。さまざまな姿が浮かんでは消えていった。夢のなかでさまざまなものが浮かび出て消えていくように。

神は空で全身を洗った。生命の冷たさに身体を慣らすために、ゆっくりと。神の腹は感じやすかった。万事が神の腹のなかで作られていたので。

そのあと神は空のなかを歩きはじめた。自分の背丈より深いところまで来たので、足で歩けない神は泳ぎはじめた。スプーンのように大きな手は、スプーンのように持ち上がり、沈む。大きな足は鶴嘴（つるはし）のように、爪を前に向けて、打ち下ろされる。引き抜かれた長い草の渦が神のあとにずっと続く。しばらくすると、遠く向こうの方にいってしまった神は、泡に包まれた島のようになってしまった。

導入部はこうして完了したので、神は遠ざかっていった。

そこに残ったのは血である！　血のかたまりだ！

地球は神の腹のなかにうずくまっている。[2] 子供が母親の胎内にうずくまるように。

地球は血とはらわたのなかに埋もれている。周囲のあちこちで火のように唸っている生命の音が、地球には聞こえる。

青い静脈が、まるで蛇のように、地球の頭のなかに入りこむ。こうして地球は慈愛で満たされる。

赤い動脈が、まるで蛇のように、地球の胸のなかに入りこむ。こうして地球は悪意で満たされる。

地球は濃密になる。地球が密度を高めるにつれて、地球はいっそう明るくなっていく。

ついに、地球は門扉にのしかかる。地球は誕生したがっている。種子という理性を持っているので地球は重い。

不意に、地球は火の噴出とともに誕生し、飛び立つ。

それは地球の青春である！

地球は、まるで草のなかを転がるように、宇宙のなかを放浪してまわる。花模様のついた大量の雨で、地球は全身ずぶ濡れになる。太陽光線が降り注ぐなかを疾走する馬のように、地球は汗を飛び散らしている。

地球はミルクのかぐわしい匂いを引きずっている。胡桃を割るときのような音をたてて地球が笑っているのが遠くから聞こえてくる。

地球の皮膚は乾いている最中である。地球の周辺で、円弧を描くように、まるで虹のように、流れていく色彩がある。皮膚の一部が乾燥すると、そこは緑色になる。

それは地球の青春である！

大いなる日曜日なのだ！

樹木という樹木はすべて同時に花をつけている。水の上には、青いカボチャが植わっている広い沼地がある。毛のようなものを引きずっている葡萄を満載した岩が通りすぎる。小さな丸い石ころが草の下を走る。すべての花が赤く健康である。葉は腕ほどの厚さである。果実がみな同時に熟していく音が聞こえてくる。大きなカボチャが海の上に漂っている。大地が動くたびに、果実の群れは、丘の褶曲のなかを四方八方に走る。砂糖の匂いが漂いはじめる。とても重い荷物を背負っているため背を丸めて、丘はそっと立ち去っていく。砂の平原は、熟した草の重荷を何とか持ち上げようと試みたあと、すっかり平らになってしまう。山は水が欲しいと泣く。酸っぱい花が小川の底で生育している。岩は、うっとりして、立ち止まる。この日曜日の匂いは、トマトスープのあの匂い(3)である。

このあいだずっと、ル・サルドは挨拶のために片手を挙げていた。音楽は崩れ落ちる水と土の音響を演奏していた。丘たちが歩いているのが見えた。泥のなかや、腐っている果実の川のなかで丘たちの大きな足がぴちゃぴちゃ音をたてているのが聞こえた。さて、語り手は挨拶のために挙げていた腕を下におろした。エオリアン・ハープだけが盛大な日曜日のために自分の力の限りを尽くしている。それは物干し台ではためいているシーツの音や、ツバメの急旋回や、さらに遠くからはるばる滑走してくる風などを表現している。その風は、今では、樹木の手にしっかり捕まえられてしまい、そこに身をひそめている。

乾いた音の演奏がはじまる。それはタンポンだけで演奏される。音階によって喜びを表現しようとしている。大きな音は呼びかけのように響く。ル・サルドが両腕で翼が羽ばたくような仕種をしたからである。彼は今ではそれまでと違う人物を演じている。彼はもう無名の語り手ではない。彼は大地の語り手である。彼は大地なのだ。このときから彼は大地の不安を私たちに語って聞かせる。ドラマがここから開始する。

ル・サルド

大きな草たちが私の力のすべてを食べてしまった。私はそのことには気づいていた。私は空を跳躍したかったのに、そうできなかったので、それと分かった。だから私はここに打ちこまれたまま、力なくじっとしている。

私はあの美しい樹木たちのすべてをあまりにも放置しておきすぎた。すでに、私の上を走ったり踊ったりしていたもの、丘たちや山たちや、丈の高い岩壁たちは、みんな動きを止めて、森や茂みに足をとられている。

ああ！　私はもっと遠くまで行きたかったが、それはかなわなかった。そこで私は何度も振り返る。鉤型に曲がった根が私の内部に固定されてしまっている。私はすっかり腐りきったリンゴ同然だ。

巨大な蜜蜂のような夏たちが私の上にやって来た。夏たちは私の水分を吸い上げてしまった。夏たちはもう動かなかった。翼を開いたまま、私の上にのしかかっていた。

私には分かっていた。カボチャが植わっている広大な沼地が水の上で生気を失っていくのが見えたのであった。カボチャたちは立ち去っていった。そして急にカボチャたちは水の底に潜った。また別のときには、水泡が水面にあがってくるのが見えたし、さらに沼の水が端から端まで波紋を広げるようなこともあった。

群がっている夏たちは、深々と湛えられていた美しい水をほとんどすべて飲んでしまった。

そうすると大きな蛇の背中が見えてきた。

その大きな蛇は泥のなかの生き物である。四本の足を具えている蛇たちもいる。彼らが空をモデルにして作られているということは、乳を吸うことができる乳房を具えていることから理解できる。全身がほとんど口だけと言えるような蛇も一匹いる。この蛇は、大量のモミやシラカバを、さらに草や陰に覆われているサクラの園も下の土もろともまるごと、飲みこんでしまう。もっと別の形をした蛇もたくさんいる。

そして、私は草が生えることによって軽くなり、さらに肉がついてきたので重くなった。測鉛の錘（おもり）のように、私は空の奥深くに入りこんでいった。こうした動物たちのすべては互いにまたがりあったり、互いの上に乗っかったりすることにより子供たちを作っていたからである。その子供たちが、さらに自分たちの子供を作るのだった。

そして、あるとき、私は漂うことを止めた。獣たちが肉を食べはじめたからである。草を食べる動物もいたし、その草を食べる動物を食べる動物もいた。そうして均衡が保たれていた。

そして私はその均衡のなかにいる。

しかし今では、この均衡のロープがまたすっかりゆるんでしまっているのが感じられる。ロープは揺れている。何か別のことが到来したのだ。ああ！　皮膚と腹を持っているというのは何と気がかりなことだろうか！

あそこにいるあの人物がドラマを統率したいと言っているということなので、私はかなり不安だ。

それに彼は小さい。私は眉を上げたり下げたりして、目を大きく開けたり目をまわしたりする。さらにもっと目をぐるぐるとまわしてみる。もう私には何も見えない。

しかしながら、この均衡のロープは揺れている。呼びかけてみる必要があるようだ……。


明らかに、大地の語り手になってから、ル・サルドはこの言葉に到達しようと急いでいた。この言葉からドラマがはじまるからである。最初のうち、彼はいささか表現に凝っていた。ところが、語りが進むにつれて次第に彼は自分のイメージを放棄していった。蜂蜜のような夏について彼は語った。私はこのすぐあとでル・サルドに再会した。彼は夏についてじつに素晴らしいことを教えてくれた。蜜蜂の群れを私たちにかぶせる夏、皮をはがれ熱くなっている皮膚で大地を覆う夏のことなどを。

そうすると輪になっている羊飼いたちはみな話しはじめた。私の近くで、「あんたなら、どう言う？」などと言っているのが聞こえた。「呼びかけてみる必要があるようだ」と言ったあと、ル・サルドはしばらく何も言わなかった。音楽はすべて消えてしまった。

ル・サルド（呼びかける）
〈海〉よ！

誰も答えない。沈黙。怖がっている羊たちのように、羊飼いたちは互いに身を寄せ合っている。

ル・サルド（別の自然な声で）

それじゃあ、〈海〉を演じる者は誰もいないということなのかな？

向こうの奥の方に群がっている人たちのなかで、ちょっとした言い争いのようなものが泡立つ。「やれよ」と言う小さな声が聞こえる。

ひとりの男が前に進み出る。

小柄で太った羊飼いだ。二、三歩進み出たあと、振り返り、大きなフェルト帽を仲間たちのところに放り投げる。彼の頭は禿げている。二つの耳の上に白髪のかたまりが少しだけ垂れている。

彼がグロディオンという名前だということと、彼がル・バシャの出だということを、私はあとで知った。ル・バシャという村は砂漠のまっただ中にある。石ころ以外に何もない。石ころとアザミの他には何もないところだ。

グロディオン

私が〈海〉だ！

ル・サルドと彼は、これからダンスをする二人の男のように、向き合っている。

ル・サルド

〈海〉よ、
私が何を不安に思っているかお前には分かっているかどうか教えてくれ。

さて、私の平衡は上がったり下がったりしている。

私がこれからどこに行くのか誰にも分からないだろう。

私が若い頃には事態はもっとうまく進んでいた。

しかし、今では気がかりが居ついてしまっている。

そして、私はこれまでのことよりもこれからどうなるのかということをもっと怖れている。

グロディォン

私にどんなことを言ってほしいというんだい？

ル・サルド

お前はあの男を見たかどうか言うがいい。

グロディオン

あの男だって？

私を端から端へと揺り動かすのは少し止めてくれ。あんたは羊たちがいる山に私をぶつけて砕けさせようとしている。平らな砂のところから、視野がかろうじて届く向こうの方の、サルたちがいるところまであんたは私を投げつけている。

待ってくれ！

様子を見るだけの時間がない。

あの男だって？

大きな牧場のように草を全面に植えつけられている、あの魚のことを言っているのかい？私の紫色の怒りが総動員しても動かせないあの魚なら、私の無数の波でできた焼き網の上に横たわって眠っている。

ル・サルド

おそらくその魚だよ。

その魚は、いったい何をしているんだい？

無数の波の上で眠っているとお前が言うくらいだから、その魚は大きいんだろうな？

グロディオン

大きいさ。

魚が眠っているのは、まさしく大きすぎるからだよ。どこかに移動しても、魚にとって何かいいことがあるのだろうか？　ひと泳ぎすれば魚はこの岸辺に来るし、もうひと泳ぎすれば向こうの岸辺に到達する。大きな皮のポケットを持っているだけだよ。そのポケットが水で一杯になると、魚は熱くなるので私の暗闇のなかの涼しいところに下りていく。ポケットが空気で一杯になると、魚は上昇してくる。牧草の生えている牧草地のような具合に、魚は私の上にいる。大きな氷の塊が魚のなかに入りこむと、その氷はそこで融けてしまう。

ル・サルド

そうではない。

魚が眠るほかには何もしていないということなら、私を不安にさせているのはその魚ではない。しっかり探してほしいな。

グロディオン

身体のなかに感じられるのはいったい何だろう？

私をねじって痛めつけるのは怒りだろうか、それとも大きな苦悩なのだろうか？

風が急に私の身体のまん中を足で踏みつけた。そして私は雲のところまで吹き飛ばされてしまった。

ああ！　この怒り、それがどれくらいに性質の悪いものかあんたには分からないだろう。それは相手のない怒りなので扱いにくいのだ。

その怒りは、まるで激しい痛みのように、私のなかで膨れ上がる。そして、私の奥底で長いあいだ眠っている重苦しい膿のような作用を及ぼしている。

そして急に次のようなことが起こる。

あんたが私に怒りの揺れを感じさせ、私を投げつけ横倒しにすると、怒りが私を引き裂く。

そうすると、私はまず大きな花々で一杯に満たされる。それは人参の花を拡大したような花だ。

病気の肉にできる膿瘍のように、私は膨れ上がる。

私は破裂し、呻き、泣き、砂でできた大きな歯で歯ぎしりする。

私は身体をねじり、大きな死を苦しんでいる。

ル・サルド
それはお前の上に宇宙全体の冷たい絶望がのしかかっているからだ。

神が世界を作ったということが、そもそも不幸のはじまりなんだよ。神は自分の身体から外に出たかった。神が何かのことを考えるたびに、形態が神の熟慮しているものを照らしはじめたんだ。つまり、私は空の腹のなかで懐胎されたのだ。そして海よ、お前は私の脇腹であり、その脇腹は空のなかで横腹のあるところに寄りかかっていた。そこは空が憂鬱と悔恨を抱いているところだった。そうして、お前は世界の憂鬱と悔恨[4]となったわけだよ。だが、もっとよく探して、私に教えてくれないか……。

グロディオン

何だって？

何故あんたに教える必要があるのだ？　それに何を言えというんだね？

私はまさしくその悔恨そのものを実感しているところだ。この悔恨を宇宙全体に撒き散らしたいものだ。そうして、私の上にあるもうひとつの大洋であるあの空に、あの底にいたるまで苦い波になってもらいたい。さらに、空には星々の岸辺まで出かけていってそこに塩を撒いてほしいものだ。

地球よ、夜という大きな草原のなかを水でできたカボチャのように走りまわっていたあんたがまだ若かった頃のことや、私が自分の分厚い水によって幅の広い街道を湿らせていたことなどを、あんたに思い起こしていただきたい。

空のこの界隈では、私たち、つまり海である私と山たちだけが、私たちの広大な生活を送ることができた。その生活は、生命の一方の岸辺から他方の岸辺へと、ゆっくり、じつにゆっくりと、しかし中断することなく、進行していたのだった。

そこであんたはもっと急速な人生を送ろうとして、青い傾斜を転がり下り、果実が実っている地帯を横切っていった。空のなかで、あんたはまるで砂糖の球のようであり、熟したメロンのようでもあった。

あんたの笑っている声が私には聞こえていた。

しかし、その傾斜はあんたを動物たちが生息している広大な地帯に投げこんだ。そこであんたはあの腐敗した血ですっかり覆われてしまった。また、新たな動物が現れるのではないかとあんたは不安になっていた。あんたは、男たちと麦藁のなかを転がりまわり、自分の腹を見つめている娘のようだった。

ル・サルド

そこだ！

落ち着くんだ、〈海〉よ！

お前が空に突き立てているこの丈の高い水の舌を下ろしてくれ。平らになるんだよ。

神が私の人生をどう考えているのか、それは誰にも分からないことだ。

暗闇のなかにどのような形態[5]が準備されているのか、その形態のすべてを前もって知ることは誰にもできない。それらは今のところはまだ空気でしかないのだから。

私のこの行程は、星たちのなかに書きこまれていた。そして今では、私の前方には人間の住んでいる地帯が大きく開かれているので、私の行程はそこを避けるわけにはいかない。私は果実を美味しく味わった。私は動物たちの鳴き声に耳を傾けた。

神が生産する能力という呪い[6]を私の肉体に与えたのでこういうことが起こっているのだ。

海よ、平らになってくれ。つややかになって、眠るがいい。

私は〈山〉に訊ねることにしよう。

〈山〉よ！


先ほどのように、沈黙が訪れた。だが今度は、ひとりの男がすでに用意を整えていた。彼は立ち上がり、待ち構えている。彼は上演の秩序を尊重している。上に待機しているエオリアン・ハープの奏者たちに、口笛で合図を送り、海の出番が終わったということを理解させるために、いくらか間合いをおく必要があるのだ。

さて、海の音は持続し、弱まり、沈黙し、羊飼いのグロディオンの動作と一致する。グロディオンはル・サルドから離れ、二歩後退し、そこにとどまる。

ガルグレットが、ここではひとつだけのガルグレットが、きわめてゆるやかに〈おお、美しい山よ〉という歌を演奏する。ガルグレットは恐ろしい怪物のような音楽を奏でる。そこには、水が流れ落ちる滝や、氷の流失や、北風の音や、いろんなものが押しつぶされ吐き出される音などがいっぱい詰まっている。そして、その音楽が終わり、沈黙が訪れる。タンポンの音階だけの短い旋律が炸裂する。小さな吹き流しのような音楽が、羊たちの前を歩いている羊飼いの唇の上を漂う。


山（男は前に進み、挨拶し、まるでコントルダンスをはじめようとするかのように、ル・サルドの正面に構える）

〈大地〉よ！

君は不安だって？

誰かが正面入口まで様子をうかがいにやって来た気配を感じて、君は振り向いて外を見ようとしたが、姿を隠そうとするその人物の素早い動作しか君には見えなかったからだよ。

そして今では、大いなる午後になると、君は柱の向こうに誰かが隠れているのを感じている。大きな魚が泥をかきまわしながら川底で死んでいくときの小川のなかと同じく、君の周囲では万事が濁っている。

そして君は呼びかけ、訊ねる……。

大地よ、私には分からないのだ！

私にはよく分からないのだが、君の不安が私の足の下で動いているということはたしかに感じられたよ。

私はそれを待っていたんだ。

長いあいだ、私は孤独と沈黙を心の糧としてきた。

そして、すべての草の重さや、木々の重量や、腐った大きな果実でできた泥などによって、私はすでに縛られていた。

私は植物たちの生命の物音を認識することを学んだ。ある日、ひとつの影が私の上にやってきた。私をゆっくり越えていった冷たい影だった。

それは一羽の鳥の影だった。

そして私は、夜の影の下にいるよりも、その鳥の影の下にいる方が寒く感じた。

私が、君の不安が動くのを感じたのはその時なのだ。

その時、空の味によって、人間たちが住んでいる地域に向かって開いている玄関を私たちが通り過ぎてしまったということが私には分かった。

私の言うことをよく聞いてほしい。

私はもう動くこともできないし、あまりにも高いので、下を見ることもできない。

しかし、私は偵察してくるよう使者をひとり派遣した。

使者が出かけてからかなりの時間が経っているので、間もなく使者は戻ってくるだろう。

これ以外には何の呼びかけもなかったのに、私が陣取り台詞を素早く書きとめている場所からそれほど遠くないところで、ひとりの男が立ち上がった。セゼールが「おい、見てみろよ！」と言った。様子を見ようとして振り返るバルブルスが、私の身体を押し付けるのが感じられた。セゼールの娘が私の膝を手でぐっと押して、立ち上がった。私は書きとめるための板と用紙を動かしたくないので、じっと坐ったままでいることにする。その娘の頭の動きと彼女の視線の先を見つめ、私は、舞台の方に歩いていく男の姿を、坐ったまま追う。「あんたはいったい誰だ？」と男に問いかける声が聞こえる。「すぐ分かるさ」と男は答える。彼はすでに舞台に入った。私には彼の姿が見える。髭をすっかり剃り落とした痩せぎすの大男だ。足が少し不自由である。

男

さあ俺の番だ。俺は戻ってきた。俺は〈河〉だ。(7)

グロディオン〈海〉(その時まで動かないでいたが、前進し、挨拶する)

ああ！　あの男を、私は待っていた！

ずいぶん前から君が原っぱや沼地を走りまわる音が私には聞こえていた。

ついに君は、枯れ木や死んだ動物とともにそこにいる。

ここまで来るために、君は多くの物を押しつぶしてきたはずだ！

ああ！〈大地〉よ！　もしもあんたがこの男を信じるとしても、私たちの笑いがもう終わったわけではないよ。

目が見えない蛇のように、頭であちこちを叩きながら奴はここまでやって来た。奴は丘を押しつぶし、草でできた大きな皮膚に切り込みを入れた。つまり、死んだ物の運び屋なのだ。奴が知っているものはすべて反射［さまざまな物が川に反射する映像］なのだ。

ル・サルド（手を挙げる。ハープの音の他には、音楽はもう何も聞こえない）
反射の悪口は言うな！
死の悪口も言うものじゃない！
宇宙は反射でできた球体だからな。

グロディオン（海）
分かった！
だが、あんたの前にいる河は、「俺は知っている！」と先ほど言った。
私の言うことに間違いはない。この河は反射の価値を理解していない。奴は反射をつかまえては置き去りにする。反射を持ち運ぼうとはしないのだ。

ル・サルド

いや、河は反射を持ち運んでいる。

千年ものあいだ何度も何度も、河の泥のなかには柳の木のあの小さな葉の反射が見つかることだろう。今日も、あの葉が光っているのが見えたばかりだ。

あの反射は蝋による封印のようだ。

良い考えや邪な考えがその痕跡を残すのと同じことである。

河

何故、〈海〉と議論をしようとするのだ？

動物たちを見なさいよ。動物たちは前進し、鼻を鳴らして匂いを嗅ぎ、例の塩の匂いを発散している。そうすると、動物たちは引き返し、反対方向に疾走していく。

私があの動物をどう呼んでいるか、あんたは知っているかい？

ラ・シュアント[汗をかく者]というんだ。

大きな乳房を持ったラ・シュアントは、あそこで飛び跳ねて汗をかいている。

動物たちは私のところに寄り集まり、水を飲む。

グロディオン（海）

動物たちは水を飲んでいる！

私には分かっている。

高い丘の湾曲している道の途中で、あんたがついに水を飲ませることになった動物たちの鳴き声が聞こえてきた。そのあと、動物たちに水を飲ませているので、私には沈黙が聞こえてきた。

河

私たちには、はるか昔から星たちの筆跡で記されている道がある。

そして私たちには、指示されている仕事がある。

雌羊たちや雄羊たちがあそこの岩の袋小路にいるからといって、世界が場所を変えるなどということをあんたは望むのだろうか？

そう、羊たちは水を飲んだので、喉の渇きはもう癒されている。

私は頭であの岩にぶつかり、あのわずかばかりのくぼみを大きな渦巻きに変えなければならないと命じられていた。

そして私はそうした。

世界の歯車のなかでは、千頭の雄羊はどういう存在だろうか？

ル・サルド

〈河〉よ、教えてほしい。

君は人間に遭遇しただろうか？

河

私は人間が残したものに出会った。

事情は以下の通りだ。

私が空で作られているということはあんたも知っているだろう。私の言うことは信用できるよ。山から下りている途中、私は大きな森のなかで進退窮まってしまった。そこで私は長いあいだまっすぐな道筋の方向を探った。そして樹木の下で私は腹ばいになって眠った。そこで私は大きな緑色の蠅たちに食べられてしまった。

そこで、私は長いあいだその場にとどまって、私の筋肉を積み重ねようとしたが、それはまったく無益な努力だった。毎日のように私の肉は木の皮に沿って少しだけ膨れていった。しかし、ただそれだけのことでしかなかった。

樹木たちが私の上に倒れかかってきた。長い草たちが、まるで死んだ蛇を突き抜けるように、私を貫いて成長してきた。私は臭い匂いを発散しはじめた。

それは山のなかの森林だった。その森林は、ある地点から、階段状になっている山の斜面の上にせりでていた。

そういうことが分かったので、草が盛り上がっているところから、私は頭を膨らせてみた。頭は丸くなり光り輝いた。私は全重量と全力を挙げて頭を膨らせた。頭は大きな水滴のようになった。大きな水滴とは星のことだ。頭は重くなり、自分を引き離し、ついには、起伏に富み広大で、古い鍋のように緑青色をしたあの平原まで跳躍を敢行した。全身は頭についていった。跳躍の最中に、動物たちの大きな群れがいくつも走っているのが見えた。動物たちの前には後ろの二本の足だけで歩いている動物がいた。

そこで私は巨大な腕を四方八方に振りまわした。大きな木を鷲づかみにして何本も引き抜いた。楢の木に登っている狼や、平らな草の上を馬のように規則的な速歩で走っているカモシカや、沼地に浮かぶ泡のように軽々と跳躍しているずんぐりした熊や、ぎっしりかたまっているので背と頭しか見えない雌馬とたくさんの仔馬などが見えた。そうした動物はすべて、風を受ける葉のように震えていた。

そこで、私の前方を逃げていく広大な森林に追いつこうとして、私は足を速めた。角を生やした雄鹿やたくさんの雌鹿がいたが、彼らは風に押されていく雲のように見えた。世界の果てには、赤くて高い丘が聳えており、その丘は道を遮断していた。そこで私は、私の白い頭と私の観念を総動員してそれにぶつかっていった。

つい先ほど〈海〉が発言していたのはこのことについてであった。痛恨が感じられる海の言葉は、緑色の唇と塩辛い舌を持っている者が好んで使う傾向がある。その通りである。私は鹿たちのいた大きな森林に水を飲ませてやった。だがしかし、〈海〉よ、私の言うことをよく聞いて、何が法則であり、何が美しい均衡であるかということを、しっかりと学んでほしい。

彼らは私の方に向き直った。そして、頭と頭をぶつけ合って私たちは闘った。

私は、じつに柔らかな自分の青い頭で、彼らは、石でできた彼らの頭や、楢の木の枝ぶりのように彼らの上に広がっているあの尖った枝を使って。

そして、私は、雌鹿たちや、無花果の木の新しい柔らかな枝よりももっと柔らかな小鹿たちの上にのしかかりはじめた。そうしたものすべてを私の下に押しこんだので、彼らの血の身震いが感じられた。

最後に、その台の上から私は鹿たちを攻撃し、後退し、頭の全体を使って叩いた。そうするたびに、私は引き裂かれた。水は鹿たちの角のあいだで泣き、鹿たちは怒りをあらわにして頭を振り、彼らの唇をめくり上げ、歯をむきだしにして私にかぶりついた。そうすると、すべてがもう泡と汗でしかなかった。

それから、大きな樹木をなぎ倒すような具合に私は鹿たちを叩きつぶした。私の奥底で彼らは泥となった。

これが法則なのだ。

泥がどういうものなのか、海よ、お前に教えるのは私だろうか? 種子のような形をして生命が大地の上に下りてきた時代に、お前の苦い植物が生命の花を咲かせるのをお前は見たはずだ。当時は、生命が認められていた地域へ、空に開けられたあの門から大地が入ってきたのだった。お前は、お前の岸辺の苦い泥が、蛇の背のように、身を起こして、すべての動物たちを世界のなかに投げ捨てて粉々にするのを見たはずだ(8)。

大地よ!

それはある夜のことだった。

そこで私にはもう怒りもなくなったし、闘いをすることもなくなった。私はただ流れていた。それは夜のことだった。私は広大な青い森林を穏やかに横断していた。空全体が私たちの二つの歌を歌っていた。

低くなっている私の岸辺の一方には、動物たちの形跡があった。それらの動物たちの中央には人間の形跡が認められた。

ル・サルド(足の不自由な男の話を中断するために手を挙げる)

やめろ、河よ、中断するのだ!

ああ!

お前が言ったことを繰り返してくれ。人間の形跡は動物の形跡のまんなかにあったのだな？

河

そうだ。人間の形跡は大きくて、森のなかを進んでいた。

ル・サルド

私はもう駄目だ。私の死が訪れる！

私はもう死ぬ。大地がこれほど生き生きしているとは！

私はもう空のなかで寝転がっている大きな動物のままで居続けることはできないであろう。

そうではなくて、私は雌牛のように草を食べて過ごすだろう。

もしも人間が動物たちの主になってしまったということであれば。

もっと話してくれ！

河

私にはもう分からない。

あちこちで泥に穴をあけ、森のなかに入っていくあの足跡を私は見ただけだ。

だけど、私はそのあとを辿ることはできなかった。

樹木に訊ねるがいい。

★

こうして私たちは人間を追跡している。さらに、ル・サルドが掌握しているこの最初の場面を追跡している。

私は、今のところでは、このドラマの残りの部分を翻訳するつもりはない。私はただ連続する長い場面を紹介したかったのである。読者にはドラマの筋が蛇行しながら展開していく様子を読み取っていただけたものと思う。それに、これだけでひとつの全体に、つまり周囲を空で塞がれた丸い果実になっているわけではない。反対に、これは片側が熟れすぎてしまい、蜜が金色に光り滴り落ちている柔らかい無花果のようなものだ。もう一方の側では、無花果は樹木に特有のミルクになっており乳液状で苦い。それは、羊飼いたちがすべて同質の詩的な能力に恵まれているわけではないからである。そして、最良の流れのなかにも味わいに乏しい水が流れていたりするのである。

ル・サルドの第一人者としての地位は、〈海〉によって終始脅かされるであろう。グロディオンが言葉を発するたびに、それは霊感に満ちあふれるル・サルドの正面に大鎌の刃となって振り下ろされることになる。最後には次のような言葉が聞こえてくるであろう。

おお、海よ。お前の塩に、
お前の膚を焼くその塩のすべてに執着し、
お前の渋みに執着する海よ。
私たちを静かにさせておいてくれ。
世界がお前だけで構成されているとしたら、世界はさぞかし美しいであろう、
私たちは殻を持たない卵のような存在になるであろう、
そしてお前はお前の魚のすべてを空のなかで失ってしまうであろう、
お前が走っているあいだに。

実を言えば、ル・サルドのこの第一人者としての地位、弾薬の薬莢のようにドラマを投げかけるこの力、それを掌握しているル・サルドからその地位が取り上げられるのを私たちは見たいわけではなかった。〈河〉を演じた足の悪い羊飼いを除けば、それ以外の羊飼いたちが力強かったわけではない。このドラマ冒頭の独白に釣り合うような科白（せりふ）を言った者は、はじめからおわりまで、誰もいなかった。その独白を私は「大地の青春の誕生」と名づけている。足の不自由な羊飼いでさえ、やはり、あまりありがたくない欠点を持っている。彼が即興で話すのは忘我の状態にあるときだけである。一種の熱病にかかっているような状態で、彼を揺さぶる風を受け、手足をだらりと垂らし

て、彼の目だけが輝いている。ル・サルドは柱のようにじっとしている。彼はせいぜい挨拶するだけである。その不動性から、堂々とした気品が流れ出てくる。そして、ドラマの最後で、ひとりになった語り手がいくつかの本質的な身振りをするとき、その身振りはひと跳びで悲劇的なものの頂点に到達する。

人間の追跡は以上のように行われた。

さて、〈樹木〉が到着する。〈樹木〉は自分の頭の上から見えることを話す。

あの河の岸辺から
赤い木にいたるまで、
まるで雄羊たちや雌羊たちのように、互いに重なりあっている二十以上の丘の向こうに。

〈樹木〉は人間の街道を指し示すであろう。その街道とは草の上に「ナメクジの泡のように」記されている足跡である。しかし、赤い木の向こうには、空のなかで〈樹木〉に見えるものはも何もなかった。

ただし〈風〉が現れる。〈風〉は跳躍してやってきた。いつものように走っていた〈風〉は、最後に人間に遭遇したので、自分が発見した人間にしばらく同行したのであった。

……まったく棘がない。

その上、絹のようにすべすべしており、脚という二つの装置の上でとても軽やかである。さらに人間の腕は二つの翼のようで、私を叩いたりせずにくすぐってくれる。


〈風〉は奇妙な監視を続けながら人間に同行した。跳躍し、腹ばいになって滑走し、舌を垂らして疾走した。ついに、人間は求めていたもの、人間の雌を探しあてた。雌はそこにいた。

雌は裸で蛙のように草の茂みのなかに隠れていた。


稲妻の跳躍のように迅速で気難しい追跡がはじまった。ついに男は雌を捕まえた。そのあとのことは、風にはもう何も見えなかった。二つの身体は茂みの陰に転がりこんでいったからだ。〈草〉のなかに。

ル・サルドは〈草〉を呼ぶ。

すべてを見た〈草〉は洗いざらい言う。〈草〉は言葉や事態を恐れることなく、すべてを語った。そこにいるのはすべて男たちである。そして、茂みの陰で行われていることは、雲が膨らむのと同じように単純で純粋な生命の行為である。

〈草〉は男の行為を語るために美しい言葉を使った。「捏ねる」と言ったのであるが、それは「彼は練り粉を捏ねた」という意味である。

さらに〈草〉はそのカップルの緩やかな生命と夢想の数時間を目撃した。そのあいだ、動物たちよりも見事な態度で、その新たな動物たちは不動のままそこにじっとしていた。そして、

時間の奥底へと立ち去っていった、
蛇の背に乗って

そしてある日、

そこで、雌の両側に、
男は二本の大きな流れを掘った。

そうすると、その流れは水源地のようになった。

そうすると、その流れは子供を産みだす噴水のようになった。

そして子供たちが噴水の流れのようにそこから流れ出てきた。

そして生まれたばかりの子供たちは雌のそばで、新鮮な胡桃のように、はいはいをしている。

早く生まれた子供たちは、二本の足で歩いて、森の近くまで到達しており、世界を前にしている。しっかりした手で、彼らはすでに火の果実を握りしめている。

〈草〉によって語られたこの物語はドラマ全体の頂点であった。いつの日かル・サルドが負けることがあるとすれば、彼にとって代わるのは、〈草〉の言葉を私たちに語って聞かせたあの羊飼いだということを私は願っている。ル・サルド自身もそう願っていることであろう。

〈草〉が語り終えると、ル・サルドは彼に近づき、手を差し出した。彼らは二度、三度と握手し、ル・サルドは「ブラヴォ！」と言った。

この羊飼いはル・サルドが親方として取り仕切っている羊の群れの助手である。

〈草〉のあとに登場したのは、〈雨〉だった。〈雨〉は男の外観について知っていることのすべてを語った。

　私はあの男に何度も出会ったからだ！
　また、男の身体に接吻したことはないが、そこには皺も溝もなかったからである。

男には
　火を作り出す石のような頭と、
　彼の胸や脚や腕に丸みをつける力が備わっている。その力は彼の頭の内部から出てくる。

さらに雌に関して。

小さなハツカネズミのように元気のいい雌もいる。雌たちはタイムの実のようだ。蜂蜜のように甘くて緑色の小さな星のようだが、舌を膨れ上がらせるような苦さも備えている。

私はむきだしの丘の上を走るように雌の身体の上を走ってみるが、腹より向こうにはどうしても行けない。太陽の火よりも熱い火がそこに隠されているからだ。

人間の内部について語るのは〈寒さ〉である。〈寒さ〉は入っていった。人間の内部まで進んでいった。

生と死のあいだのつなぎ目にあたる場所まで入りこんだ。一度切断されても癒着するミミズの癒瘡組織に見られるような、肉が隆起しているつなぎ目のところまで。

〈風〉は人間のなかで見た、

星や太陽を。そしていたるところで火を燃やす大きな流れ星を。さらに平穏な静けさのなかで昇ってくる羊飼いの美しい星たちを。

太陽を備えている地球のまわりの空のように真っ青の広大な空や、雷雨や、威嚇的で大きな稲妻を、〈風〉は見た。

そして、あちこちに群れながら旅に出るたくさんの星を〈風〉は見た。喜びのときめきを覚えつつ、〈風〉が〈風〉の雌に接近するときに。


〈寒さ〉は人間の内部の全貌を見た。それは力がみなぎっている空のようだった。あとに続いてやってくる〈動物〉は言うだろう。〈動物〉によると、人間の内部は

蜂蜜がいっぱい入っている壺のようだ。その蜂蜜は壺から溢れ、流れ出た蜂蜜で蝿たちの群れ全体を養っている。

太陽光線が照りつけるなかを長く歩いたあとでは、美しい樹木が恋しくなるものだが、人間の内部は私たちにとってはそうした樹木のようだ。

坂を登ってきた者の足にとって、それはまるで草が生えている斜面のようだ。

それは新鮮な水である。

それは水源地である。

それは大きな棕櫚の葉であり、美しい流れであり、木の葉の新鮮さであり、そうしたものの

見事な総体である。

〈動物〉は、人間の目のなかにあるあの誘惑について語るだろう。〈動物〉は大地に向かって大いなる秘密を、動物たちの大いなる希望を語るだろう。


〈大地〉よ、お前は知っているか、私たちが怖がっているその理由を?

何故私たちが内気なのか、お前は知っているか?

何故私たちは風の流れに耳を傾け、埃の匂いを嗅ぐのだろうか?

それは私たちが、お前によって、猛烈な速度で、空を突ききって運び去られているのを感じるからだ。

そして、今やってきた者がいるが、
彼の目を見ると、〈大地〉よ、お前の生活が彼には見えていないということが私たちには分かる。

私たちは、彼の目のなかに、平穏と平和を読み取った。私たちが彼を愛しているのはそのためなのだ。


そして、ここから、ドラマは二回跳躍するだろう。その跳躍のあとドラマは結末にたどり着く。

まず、ル・サルドの長いモノローグがはじまる。〈海〉、〈山〉、〈河〉、〈樹木〉、〈風〉、〈草〉、〈雨〉、〈寒さ〉、〈動物〉、以上九名の羊飼いたちはじっとたたずみ、何も言わない。彼らは互いに手を取りあい、ル・サルドを囲み馬蹄形に位置している。

ル・サルドは〈大地〉の不安の真相を、〈大地〉が何故がつがつと質問したのかを説明する。〈大地〉は自分を脅かす危険を熟知している。もしも人間が動物たちの長になれば、〈大地〉は破滅にいたるのだ。

私には、すでに大きな群れの前にいる人間の姿が見えている。
彼は静かな足取りで歩くだろう。
そして、彼のうしろには、君たちがすべているだろう。
そうすると、彼が長になるだろう。
彼は森に命令するだろう。
彼は君たちに山で野営させるだろう。
彼は君たちに河の水を飲ませるだろう。
彼は、海を前進させたり後退させたりするだろう、
自分の手のひらを
上から下に動かすだけで。

しばらくの沈黙のあとで、〈大地〉は見つめはじめる、

すべての影像の大いなる反射を。

そして〈大地〉は、隠れていた文字を読むにつれて、落ち着きを取り戻し、予言する。

大いなる障壁を！

障壁はいつも動物と人間のあいだにある。この高い障壁は、夜のように暗く、太陽に達するほど高い。

そしてお前は、憐憫のすべてをお前の皮膚のなかに詰めこむことができるだろう。お前はその憐憫をお前の外に押し流し、それを動物たちに飲ませることはけっしてできないだろう。

お前は障壁を飛び越え、動物の思考という大きな森のなかにただちに入ることなどとてもできないであろう。

お前は同じ反射を見るということはないであろう。

お前は向こう側の樹木たちを見るだろう。そして樹木たちは、さらに彼らの向こう側を見るであろう。

こういう風になるのは、私がお前に辛く当たるようになってくるからだよ。辛くそして意地悪になり、そして私は自分の意地悪さに思いをはせるからである。

お前は金と石の親方になるだろう。だが、石のことは理解できないので、お前は鏝と鶴嘴で石を虐殺してしまうだろう。

そして金については、金は光でできているので、お前はその金をお前の臭気を発する薄暗い口のなかに仕舞いこむだろう

お前は鉄やボルトや蝶番に援助を求めることになるだろう。

しかし、お前が持っているすべての機械にお前の頭と心臓を提供する必要にかられるので、お前は鉄や、蝶番の顎のように、意地悪くなるだろう。

そこで、〈大地〉は喜びをあらわし、〈大地〉のありとあらゆる火山を使って笑いはじめる。

そのとき、ドラマは二回目の跳躍を敢行し、ル・サルドは簡単な身振りでもって役割を終了する。彼は〈大地〉という役割を下り、彼本来の姿に戻る。それは男であり、また羊飼いである。さらに、動物たちの親方である。つまり大地が恐れているあの動物たちの親方である。そしてそれが真実である。

彼は三歩歩む。自然の諸要素を受け持つ人物たちの半円から抜け出る。緩慢な動作で彼はひざまずく。彼は地面に腹ばいになる。彼は両腕を広げて〈大地〉を抱擁する。彼の言葉が聞こえてくる。


〈大地〉！

〈大地〉よ！

私たちはここにいる、動物たちの親方である私たちは！

私たちはここにいる、最初の人間である私たちは！

心の純粋を保持している人間がいる。

私たちはここにいる！

お前は私たちの重量を感じているか！

お前は、私たちが他の者たちより重いのを感じているか？

樹木の両側や石の内部を見ている人間たちや、まるでデヴォリュイ［オート＝ザルプ県の一部をあらわす表現］の広大な牧場の大切な牧草の上を歩くように動物の思考のなかを歩いている人間たちが、ここにいる。

柵を飛び越えた人間たちがここにいる！


彼はしばらくのあいだ何も言わないで反応を待つ。反応は返ってこない。彼は挑戦の大声を叫ぶ。

お前は聞こえているのか、〈大地〉よ？
私たちはここにいる、羊飼いである私たちは！
楽器はすべて同時に鳴りをひそめている。沈黙！
松明の火がはじける音が聞こえる。
こうして、万事が終了した。

☆

私は途中から音楽について語ることはなかった。しかし、音楽は一瞬たりとも中断することなく、ドラマの一部分として演奏され続けていた。音楽はドラマのかたわらで反射に満ちあふれているもうひとつのドラマを演じることを一瞬たりとも止めることがなかった。その音楽のなかで、一枚一枚の葉は全体の葉叢となり、丘のイメージは丘があちこちにある地方の海を思わせるような起伏に富んだ土地を表現していた。最後の場面で、語り手がひざまずき、大地にひれ伏すと、最高に美しい軽快な音楽が炸裂した。それは世界中でもっとも美しい歌であり、希望を満載した歌であった。私が自らに課した仕事は、一語一語を把握し、注意力を総動員してテクストに密着することであったが、その作業を続けていると、均斉のとれた放心状態に私が没入してしまうというわけにはいかなかった。そうした放心状態だけが、その音楽が創りだすさまざまなイメージのなかに私を投げ入れてくれることが可能だったのだ。しかしながら、今でも、まぶたの奥には、そうした音楽が生み出したイメージのいくつかが残っている。そのイメージは、砂粒のように固く、あるいは涙のように優しい。

私たちは雌馬の手綱をほどいた。すでにいくつかの羊の群れは立ち去っていた。すでに、遠くまで、シストロンに通じる峠の上の方まで進んでいる群れもあった。羊たちの流れは、大きな河が流れているような音を響かせている。

セゼールは雌馬に飲ませるための水を汲みにいった。魔法使いの娘は荷車の奥で横になった。バルブルスと私の二人は、四方八方から痛めつけられたり磨かれたり、生命の水を浴びたりしながら、何かをしようという気力もなく、そこにたたずんでいた。その様子は、このドラマの冒頭で、空で自分の身体を洗っていた例の神のようだった。そして私たちは、夜明けの小刻みに震える灯[太陽]が灯されるのを見つめていた

エオリアン・ハープの演奏者たちが、陣取っていた高所から下りてきて、私たちの近くを通り過

ぎていった。彼らは若々しい笑い声を満載した声を張り上げて話し合っていた。バルブルスはそのなかに友だちの声を聞きつけて、叫んだ。

「やあ、ボロメ！」

「俺に声をかけたのは誰だい？」会話を中断して、ボロメはこう言った。

そして彼は前に進み出て、バルブルスを認めた。彼らは髭と髭をくっつけあい心をこめて抱擁しあった。聞こえていた笑い声は若々しかったが、それは年老いた羊飼いだった。髪の毛は灰色で、皮膚には年輪の皺が深く刻みこまれていた。

「君たちは分け前がもっとも少なかったね」私は彼にこう言った。

「何の分け前だって？」

「君たちは遠く離れたあの上にいたし、見事な台詞が聞こえなかったからだよ。何しろ、君たちはハープを演奏していたのだからね」

彼は私にこう言った。

「そうじゃないよ。そんな風に考えないでほしい。分け前だって！　分け前をもっともたくさん受け取ったのは誰だと言えるだろうか！　俺たちはたしかに丘の上に陣取って、俺たちの音楽を演奏していた。言葉を話さなかったのはたしかだが、俺たちは望み通りのことを言っていたのだよ。俺たちは空を眺める。俺は、つい先ほど、夜空のまんなかに、巨大な蛇座が見えたばかりだよ！想像するだけでもう充分なんだよ」

付録
羊飼いたちのドラマ第四場の完全な翻訳

大いなる沈黙が訪れた。語り手はかがり火とかがり火のあいだにいて、何も言わない。彼は人間を生まれさせることになるはずの言葉を発言したばかりだ。ドラマは、今、恐怖を抱えている人間を必要としている。洪水以前の人間たちのひとりで、彼は蜜蜂のように震える大きな目を持ち、恍惚と恐怖とよだれのために口を開けている。そしてまた、こういう人間を提供するのは偶然である。この男を創りだすためには、重い心を持った羊飼いが必要だ。そういう男はいつでも見つかるわけではないのである。この重い心は(バルブルスがこう説明してくれた)、不幸を体験することによって男の心のなかに蓄積される澱から生まれてくるからである。たくさんの不幸、たくさんの澱、そして重い心というわけだ。

圧倒的な沈黙。雄羊たちが首につけている鐘があちこちで鳴っている。ひとりの羊飼いが立ち上がる。彼はドラマの舞台に進み出ない。彼は聴衆のなかにとどまっている。語り手は、立ち上がった羊飼いの物音を聞きつけ、その方向に振り向く。語り手は左手を挙げ羊飼いに黙って挨拶する。羊飼いも左手を挙げ語り手に挨拶を返す。そして、肩を動かし、厚地の毛織物でできた重い外套を脱ぎ捨てる。

男（甲高い声でゆっくり叫ぶ）

〈主〉よ、私は裸だ。あなたは羊毛と葉叢をふんだんに投げ捨ててしまった。

〈主〉よ、私は裸だ。あなたはあなたの手の爪と足の爪を動物に与えてしまった。

〈主〉よ、私は裸だ。あなたは私に小さな鐘形の花のように風に焦がれる貧弱な心臓を与えた。

語り手（世界の役割を担っている。彼は荘重な声で話す。彼を伴奏する音域の低い水のフルートがその口調をいっそう低音にする）

それでは、人間は、連なっている山々のなかのひとつの山のように、私の上にもたれかかるがいい。人間は森から流れ出て、動物たちの毛を全身にまとって、歩くことになるだろう。人間は数あるライオンのなかでも本物のライオンになるだろう。人間の口の匂いは、子羊たちや小鹿たちを、さらには空高くを飛んでいる小さな鐘形の花のような鳥たちまでも、怯えさせるだろう。

人間は数ある山頂のなかでもひときわ際立った山頂になるだろう。人間の頭は上昇し星々に遭遇し、牧草地の囲い地のなかの雌羊たちを思わせるような星々の数を青い視線で数えるだろう。

男

〈主〉よ、私は裸だ。あなたの慈悲は水の上には傾いているが、私の上には傾いてこない。そしてあなたは水に、あんなに美しい緑色の皮膚に加えて、草や木でできているあの衣服を与えた。そしてあなたはその皮膚に、皮膚は泡を作るだろうと言った。そしてあなたの太陽は、いちばん大きな花よりももっと高度な喜びによって、その泡を照らし出している。

〈主〉よ、私は裸だ。あなたの慈悲は水の上には傾いているが、私の上には傾いてこない。そしてあなたは水に、山や砂を打ち負かす大きな身体と、爪の下をすり抜けて流れる肉体と、女性よりも美しい沈黙が眠っている深みを、与えた。あなたは水を、けっして傷つくことがなくて、つねに精彩があり、唯一無二で、永遠で、死も苦痛も無縁であるような存在にした。

〈主〉よ、私は裸だ。あなたの慈悲は水の上には傾いているが、私の上には傾いてこない。あなたは水に怒ることの喜びを与え、またあなたは水にあの蜂蜜を与えた。あの蜂蜜とは、歌であり、草の下の流れでもある。ああ！　主よ、柳の木々の下や揺れ動く木苺の下を流れるあんなに美しいあの歌は、じつに純粋で、じつに正しく、世界を閉じこめてしまうような美しい輪郭がじつに丸い。あの歌を聞くと、私にはもう呻くことの自由しか残されていない。

語り手

彼は水の上を歩くだろう。

彼の足の土踏まずは、丸い海を、まるで腐った果実のように、踏み砕くだろう。

彼は水の上を静かな足取りで立ち去っていくだろう。

彼は樹木のような広い肩を持っており、水の上を歩きながらその樹木の肩を左右に揺り動かすだろう。

彼は白い草で自分の翼を作るだろう。彼の胸はオオタカの竜骨のようになるだろう。イメージを満載している死と遭遇するために、彼は水の上を立ち去っていくであろう。

男

〈主〉よ、私は裸です。あなたは私の手首と足首を縛り、子山羊を屠殺場に投げこむように、私を冷たい大地の上に放り投げた。

〈主〉よ、私は裸です。あなたは塩を鷲づかみにしている大きな手を私に見せ、口笛を吹いたので、自分が呼ばれているものと錯覚した私は、塩を載せる石[9]のところまであなたについていった。私はその心地よい苦い味が欲しかったものだから。

〈主〉よ、私は裸です。あなたが私の腹に足蹴をくらわしたので、私は苦い塩を味わうことができなかった。みんなが塩皿のまわりで塩を舐めているというのに、私には塩のあたり分はなかった。

語り手

〈男〉の周りには、優れた樹木や、雲のように分厚い草が生育しており、彼は長い朝のなかで生きている。花たちが丘のこちらの斜面から向こうの斜面へと応答しあい、丘の上では、乾燥した木材から煙が立ちのぼるように、鳩たちが飛翔していた。

彼の周りにはブナやナラやリンゴの木々が茂っている。リンゴの木には、いろいろな世界が緑色に見えるように緑色のリンゴが実っている。

そして、途方に暮れ、水のように流れてしまっている美しい太陽が、彼の足元に広がっている。

〈男〉よ、創られたすべての物、生きているすべての物、お前を取り囲んでいるすべての物、こうした物たちが奏でるあの大いなる歌に耳を傾けなさい。お前が歩めば、すべてがお前のかたわらを歩む。お前が進む道には、背中を波打たせている丘の群れが付き添っている。丘たちは、鐘のように水源地を揺り動かし、彼らの森の濃密な羊毛をお前の足元にこすりつける。お前が歩みを止めるときには、湖のなかで跳躍する魚の物音を聞き取りなさい。柳の林まで押し寄せてそっと歌を口ずさむ水深の浅い水辺の歌に耳を傾けなさい。リンゴの木々のなかにかがみこんでいる美しい風の音を聞きなさい。新鮮な秣の上にいる馬のように、松林のなかで後ろ足で立ち上がっている美しい風に耳を傾けなさい。

男

〈主〉よ、〈主〉よ。私は動物たちのように縛られている。あなたは私の両肘を後ろ手に縛りつけた。私の踵は繋がれているし、私の胸は差し出されている。剥きだしで熱い私の首も差し出されている。哀れな生命が、変調をきたした小さな二十日鼠のように、首のなかを上下している。

〈主〉よ、〈主〉よ。私は動物たちのように縛られている。そして私はあなたの短刀の一撃を待っている。私に見えるのは空の一角だけです。あなたの短刀はおそらく、私には見えない向こうの方からやってくるのでしょう。その一角は雄山羊の額のようにつややかで大きな星の向こうにあるので、私には見えないのです。

〈主〉よ、〈主〉よ。私は動物たちのように縛られている。私の首はすっかり差し出されているのです。

語り手

〈男〉よ！　お前が自分に与えられている大きな自由を理解しさえすれば、お前は煙が自由であるよりももっと自由なのだ！

おお！　大気に焦がれている者よ、彼岸の探究者よ、空の奥底の大きな面を眺めるとき、お前はいったい何を感じているのだろうか？　その表面は雲の戯れによって織り成されているのだ。

お前の足、お前の手、お前の目、お前の口、お前の膝の丸さのすべて、お前の腕の丸さのすべて、お前の腹の尖り具合、お前の手のひら、今こうしたものすべてが幸福に包囲されている。今、海原が海底にある山の上を漂っているように、幸福はそうしたものの上にある。お前は、粘土のように、内に閉じこもっている。そこでお前は自分のなかに幸福を探し求めている。

自分自身を開くのだ！

お前は今、太陽や雲に貫通されている。お前は風に吹き抜けられている。山のなかにある湖を思わせるようなお前の血の上で踊っている美しい風の音に、耳を傾けるがよい。お前の血の深みを具えた美しい歌を、風が響かせているかどうかじっくりと聞いてみるがよい。

棘のなかを自由に歩くことができるお前に、太陽光線が逆立っている。お前の足の下では棘が砕ける。お前の頭はまるでスズメバチの巣のようにぶんぶん唸っている。

雲のようにふんわりと軽いお前は、空のなかで跳躍を重ねる。空の美しい波を縫って、まるで鷲のように、お前は飛翔している。

自分自身を開くのだ！

樹木たちや動物たちの法則に従うがよい。お前の額を固くしろ。雄羊の額に直面するのだよ。お前の丸い腕を、よく見るがいい。それはお前の相手の雌にぴったり釣り合っている。その腕は、雌の腰の上にあるあの二つの美しい谷間に入りこむ。激流が山の襞のなかに流れこむように、お前の腕は雌の肉の谷間に流れこむ。お前の手は、雌の丸い乳房にぴったり合うようにくぼんでいる。お前は、海を縁どっている大きな岸辺のようだ。海は、お前の岬を取り囲み、お前の湾のなかに入ってくる。そうすると、世界の法則は、海をその岸辺につなぎ合わせたような具合に、お前を雌につなぎ合わせる。

自分自身を開くのだ！

もっとも標高の高いところにある牧草地が、自らの色彩と香りを引き連れてお前のなかに入ってくるだろう。カラスムギの軸や、種子を満載した揺れ動くウシノケグサや、風に揺られて黄色い大きな頭を上下に動かし、一日中、重々しく「はい」と言っているリンドウを引き連れてくるだろう。

栗の木の下にある水源は、鋭敏で小さな動物のように、枯葉の下で震えている！　それをしっかり感じとるのだ。水源はお前の身体のなかにある心臓の上で開いたばかりだ。その通りだ。お前の熱い身体のなかで、水源が開いたばかりなのだ。水源から出てきた水は、森の石の上を流れるように、お前の心臓の上を流れる。その水の一滴一滴は太鼓を叩く一撃のようだ。お前のなかのすべてが響く。お前の指を動かしている小さな筋から、男としての力をお前に与えてくれる太い神経組織にいたるまで、お前のなかのすべてが反響する。水源の水は、森の石の上を流れるように、お前の心臓の上を流れ、お前の心臓をちょうど適正な心臓の形になるように研磨するだろう。お前がこれから胸のなかで持ち運ぶのは、生き生きした果実である。その果実の果汁はお前の唇の上に滴り落ちるだろう。そうすると、お前の唇のあいだから泉が流れはじめ、人々がその泉の水を飲みにやってくるだろう。

お前を開くのだ。自分自身を開くのだ。幸福と喜びがお前のなかに入りたがっているのだから。

そして裸でいることの栄光を歌うがいい。裸でいることの誇りを歌うのだ。

大きな群れの前を歩む雄羊よ！

人間の役割を演じてきた羊飼いは、落胆をあらわす大きな身振りとともに両腕を下げる。彼のまわりにいる人たちは、厚地の毛織物でできた彼の重い外套を拾い上げ、立ち上がり、彼を外套で覆う。彼はされるがままにしている。彼はしばらくそこに立ちつくしたまま動かない。外套を身につけたので厚さが倍増した彼は、まるで岩のように大きい。私たちには、彼の顔の白くて丸い輪郭しか見えない。外套に包まれた彼は身体をこわばらせている。彼は坐りこむ。そして彼は周囲の男たちと変わるところのない普通の人間に戻る。

原注

（1）「網」。垣根を意味するバラーニュ(baragne)という語を、私は網(filet)と訳した。その網とは花が咲いている垣根を意味する。神が空で種を蒔いたので生い茂っている垣根であり、その向こうには枯れることのない果樹園が茂っているであろう。この文章の結尾を見て、「垣根」を「網」と翻訳するのがいいだろうと私は考えた。海草の垣根を想像するということさえなければ、「網」は大きな海草を用いて世界を誕生させることになるのである。

（2）「うずくまっている。」テクストの意味は「空の腹のなかのねぐら」というものである。この表現はあの硬い燧石（すいせき）のように明白なのだが、フランス語に置き換えると、泥が混じった水のような具合になってしまう。しかし私にはあの光景が見えている。ル・サルドが話しはじめるとすぐにそれが見えた。彼が身振りをしたわけではない。地球が丸まっているのが私には見えたのである。両膝を腹につけ、頭を両膝につけ、鼻は胸に触れ、丸くなっていた。生まれてくる動物がすべてそうであるように、地球はうずくまっていたのである。

（3）「あの匂い」云々。日曜日の朝には、小さな村の主婦たちはトマトスープを作る。二つに切り、種を取り除いた――彼女たちは下ごしらえすると言う――トマト、水、小瓶から注ぐ油、細かく切ったタマネギのフライ。以上のすべてが土製の鍋に入れられ、火の上で煮えている。十一時になると、ありとあらゆる鍋が煮えはじめ、村中がトマトスープの匂いに包まれる。朝、村にたどり着いた羊飼いは、疲労と土埃で重くなってしまった身体をプラタナスの下で休めている。このトマトスープの匂いは、彼にとっては、日曜日の匂い、美しい日曜日の匂いなのである。その日は、一日中自由で、家もテーブルもきれいになっている。洗濯石を使って洗ったために真っ青になった新しいシャツは、タンスの棚にしまわれていたのでラヴェンダーの香りがついている。美しい日曜日で、主婦は亭主のかたわらで全身を長々と延ばしている。男はもう羊飼いではない。男は、今日は大地の船乗り、寄港地から寄港地へと走りまわる人間、遍歴者……などではない。こうしたことはすべて夢のなかの出来事だ。羊飼いはひとりプラタナスの下で憩い、村は向こう側にあるのだから。

（4）グロディオンとル・サルドの二つの発言のなかに、この上演には現れるが、このあとの上演には現れることのない、創作劇の典型的な特徴を私たちは確認することができる。グロディオンははっきりとしかも意志的にテーマから遠ざかり、海の怒りを話題にしている。彼とル・サルドの一騎打ちになってしまった。聴衆は、海の怒りについての一節に拍手喝采した。それに応答するル・サルドの一節にも拍手喝采した。ドラマのテクストのなかでは、しばしば、朗誦者と俳優とのあいだにこうした一騎打ちが見られることがある。つまり、羊飼いたちの最大の関心はこの言葉の一騎打ちにあると私は考えている。ル・サルドは質問し、相手を困らせようとする。俳優は、戦いのなかで相手から身をかわすように、相手の攻撃をすり抜けて応酬するとともに、手を伸ばし相手の身体の肉体をつかむ。他者を埃のなかに投げつける者が勝者である。

（5）「形態」とは〈人形〉のことである。

（6）「この呪い云々」を逐語訳すると、「さまざまなものを私に作らせる堆肥」となる。

（7）「俺は河だ」と男が口上を述べると、誰かが「ああ！」と言った。エオリアン・ハープが鳴っている他に音楽はなかった。この種の演劇では、遠くで演奏される楽器が重要になってくる。そうした楽器が演劇の急展開の感情の動きに参加することはないが、その楽器から常に音楽が流れ出てくる。ドラマはこうしていつでも宙吊りの状態になっている。河と山はこの場面の上演より以前に互いに了解しあっていた。だから、この場面はル・サルドをいささか面食らわせることになった。すぐさま海がそのことをうまく利用して、新たな即興によって語り手を攻撃する様子を私たちは目撃することになる。この口頭によるドラマの絶えざる革新の構造が以上のことから理解できるであろう。

語り手――ここではル・サルド――は、優勝杯あるいはタイトルあるいは松明の保持者である。他のすべての者は彼からそれをもぎ取ろうと団結する。全員に対して彼はひとりで受けて立っているのである。

（8）少し前から、足が不自由な河が語っている。自分を満たし揺り動かしている忘我の状態に促されるがままに、河は話している。彼は身振りをし、両腕を動かした。

流れの水のように生き生きとした霊感の持ち主として、彼は羊飼いたちのあいだでは非常に有名な人物だということを私はのちに聞き知った。山のなかで、仲間たちと一緒になると、多種多様の話題に関して感情が奔流のごとく彼から溢れ出てくることがあるということだ。私は彼による詩を二編持っている。それは「おお、乳房のマリよ」（彼の教会への讃歌）と「楢の木の下の私の谷間」（シャンソン）である。

（9）「塩皿の石」。高地の牧草地では、羊飼いたちは平らな石を探しだし、草のなかにそうした石を並べる。それは塩を載せるための石である。夕方になると、羊飼いたちはこの平らな石の上に、灰色の粗塩を四、五つかみ載せる。それは授乳している雌羊のためであり、震えている若い子羊のためであり、寒さに痛めつけられた元気な羊のためであり、足に棘が刺さっている羊のためである。それは慰めになると同時に薬にもなる。それは脂肪を濃厚にし、いくらか強靭な羊たちの心に訴えかける。高地の牧草地に放牧されている羊たちの苦しみを誰が知ることができるだろうか？　誰にその苦しみが分かるだろうか？　石のような額を昂然とあげて、絶望で重くなっている恐ろしい夕暮に立ち向かうことができた羊たちを、私は見たことがある。おお！　あの光、あの大気、草が押しつぶされ湿っている大地のあの重苦しい香り、こうしたもののすべてが希望を奪い去ってしまうのだ。こうしたものすべてが、時間の続くかぎり、希望を取り上げてしまう。しかしながら、羊たちはそこに立ちつくし、目を細めることなく前を見つめている。泉において壺のなかに水が満ちていくように、彼らの頭のなかに夕闇が押し寄せてくるのが私には分かっていた。そして、しばらくすると、夕闇が溢れ出るようになってきた頭を揺り動かして、羊たちはゆっくりと塩皿の方に向かっていった。まだ泥のような明るさが残っているので、羊たちの姿が見えていた。私自身が絶望的な恐怖のなかに落ちこんでいく前に、私には彼らの姿が見えていた。羊たちは、舌を大きく動かして石の上に残っている塩を舐めていた。

そうした塩皿は草のなかに並べられている。遠くからでもその皿は見えている。塩皿が見えている羊は迷子になったりすることはない。その羊は、まるでロープで引っ張られるようにして、牧場に戻ってくる。山が無人になり、羊の群れが下界に下りてしまうと、塩皿は所在なげである。羊たちが熱愛した塩皿の石はつややかになっている。角という角はすべて羊たちの舌と唇によって舐められ、すり減らされてしまっている。

高原の町マノスク

I　この丸く美しい乳房は丘である

私は自分が暮らしている大地の本当の相貌をふたたび見いだすことはもう絶対にできないだろう。子供の頃のあの純粋な目を私がもう持っていないからである。

ごく小さな子供だった頃、私は夢中になって遊んだので、いつも腹をすかせていた。母がパンを平らに切り分け、それに塩を振りかけ、壜を傾けて大きな8の字になるようにオリーヴオイルを注いでくれた。そして「さあ、食べなさい」と母は言った。この塩の匂いを嗅ぐだけで、充分にオデュッセイア[不思議な冒険物語]の風が感じられた。その塩は海の匂いを秘めていたのである。そのパンとそのオリーヴオイルは、オリーヴの木々が茂っている林の下にある緑色の小麦畑の周辺を思い起こさせてくれた。私の心の熱烈な渇望は、こうして、長期間にわたる習慣として、いよいよ鋭敏なものになっていった。

このパンをいくら食べても、もういいという気持にはならないのだった……。

この塩やオリーヴオイルをいくら味わっても、もう充分だという気持にはなれないのですよ、母さん。

喜びを感じつつ、また悲嘆を味わいつつ、私は自分の大地から生まれてきたパン切れを咀嚼した。そして今では、しかるべき出発が行われるスタート地点、それを越えたら私でなくなり、私が丘の波打つうねりになってしまうような地点、その地点は、私の静脈と動脈でできている葉叢のなかに隠れてしまっている。つまり、私の筋肉の枝の茂みのなかに、私の血液の草叢のなかに、オリーヴ畑の密生した毛の奥や私の胸の毛の下で沸き立っているこの緑色の巨大な血のなかに、それは隠れているのである。

この丸く美しい乳房は丘である［マノスク市街の北東にあるモン・ドール（黄金山、標高五二九メートル）のことを話題にしている］。この古くからの大地には薄暗い果樹園しかない。春になると、一本だけあるアーモンドの木が急に白い火をともし［一斉に花を開き］、やがて消える。空の高みから風が急降下してくる。組み合わされた風の手は、まるで矢のように、雲を切り裂く。踵の一撃で、風は木々をなぎ倒し、ふたたび高みに登っていく。時には、赤茶色の鷲がアルプス山地から下りてくることもあるが、この近辺の平野の大気はもうその鷲を支えることはない。鷲は翼を大きく羽ばたき大気のなかを泳ぎ、まるで難破した鳥のように悲鳴をあげる。

道をはずれると、薔薇に侵入されているオリーヴ畑がある。その薔薇は、樹木の上に放りあげられた雄山羊の毛皮のようだ。その密生したオリーヴ畑は、まるで血を流しているようだ。その下は暖かい。羊毛の重々しい暖かさが感じられる。草は汗をかいている。その暗がりから抜け出ようとすると、手の皮膚を擦りむいてしまう。ひと月後に、干からびた薔薇の花がポケットのなかに入りこんでいるのが見つかるだろう。

大きな土手が正午の陽射しを受けて熱くなっている。動かない数匹の蛇はまるで花が咲いているようだ。蜥蜴たちは腕ほどの厚みがある。蜥蜴たちは日を浴びて眠り、そして飛び、獲物に食いつき、蜜の味がする蜜蜂を長いあいだ噛み続ける。蜥蜴は金色の涙を流して泣く。その涙が灼熱の石の上に落ちると、じゅっと音がする。その小さな蜥蜴は全身灰色で、足は細糸のようだ。尻尾は影に見える。しかしその蜥蜴の心臓は大きい。心臓は蜥蜴の身体のなかで雨嵐のように荒れ狂い、ぴくぴく動悸を打っている。大きなモンスズメバチたちの結婚は、激しい飛翔によってマツムシソウを叩きのめす。キリギリスたちは行動を開始し、跳躍して狂ったように前を通りすぎ、さらに赤い翅を開く。蟻たちの隊列が、人間が通る道のように幅広く、落葉の下を流れていく。毛虫の行列が螺旋状に進みながらゆっくりと松の木を熱愛する。胡桃の殻を塗りこんだ壁は、膨れ、代赭（オークル）色である。その壁でできた家は、瓦や梁や太陽の重みに耐えながら、静かに軋む。オリーヴの木々の透明な影は、蜘蛛の巣のなかで、小さな少女の昼寝を支えている。少女は熱い草のなかで眠っている。彼女は着ている服をすべて引っ張りあげてしまっており、目を閉じたまま、蝿に吸われた腹を爪でごりごりとひっ掻いている。子山羊がスズメバチと闘っている。タイムの匂いが月に届くところまで煙っている。美しい雲が、風の生気のない腕のなかにはまりこんだ。その雲は不動の蒼穹からもう船首を振りほどけない。そこで、力の限りを尽くして、船尾を使ってゆっくりと揺れ動いている。

「夜にあれを見たことがあるかい、あの丘を?」

「いや、トゥッサン。俺が森のなかで過ごすあの長い夕べは、なかなか闇夜にはならない。雨のように光が夕べに降り注いでくるので、いろんなものが見えてしまうんだよ。だけど、お前は?」

「俺は見たよ。

あの出来事が起こった夜のことを話そう。町役場が発行した宿泊券を持っている放浪者は義務として泊める必要があった。男はやってきて、ドアをノックした。そう、確かに奴はドアをノックしたんだよ。俺の旅籠は、どう考えても、見栄えがするからな。『おはいり』と俺は奴に言った。俺は奴の姿を見たんだよ! 髯の濃い大男で、腕にも毛が生えていた。いたるところ毛だらけなんだ。おそらく全身に毛が生えていたと思うよ。大鎌のような目。その視線が俺の中を、俺の中央を通り過ぎると、身体がふたつに切り裂かれてしまうような気がする。頭から、両脚や両腕にいたるまでだよ。だから、腕には力がなくなり、身体のその他の部分もすべて力が抜けてしまう。頭だけは、まるで空中にいるような具合に、ぼんやりと考えている。自分が作り出した効果を確かめてから、奴は我が家の台所のなかや家具のあいだを威張って歩きまわった。さて、俺たちは奴に食べ物を提供した。奴は何度も何度も、テーブルを拳で叩いて要求するので、飲み物も出す必要があった。そこで『いいかい、俺は自分のことは分かっている。このまま家にいたら、不幸が起こってしまう』

俺は女房にこう言った。『あんたの言う通りだわ、メデリック(女房は俺をメデリックと呼ぶ。それは俺の二番目の名前[ミドル・ネーム]だし、彼女はこれが気に入っているもんだから)、あんたの言う通りだわ、メデリック、外を散歩してきたらいいよ。あの男は私が引き受けるから』と彼女は言った。俺は上着を着て、外に出た。出るときに、奴の姿をじっくり眺めた。奴より俺の方が道理をわきまえているので俺が外出しているんだということを、奴は分かったにちがいない。夜は更けていた。通りには誰もいなかった。俺は丘にやってきた。

傾斜した道路に茂っているマロニエの木々は、ロッシニョル(ナイチンゲール)で満ちあふれていた。ロッシニョルは互いに応答しあっていた。アマガエルの鳴き声も混じっていたので、ロッシニョルのさえずりとアマガエルの鳴き声を判別できないほどだった。池の水のなかからズボッという音が聞こえてきた。とても深いところから聞こえてきたようだったので、『トゥッサン(俺は自分のことをトゥッサンと言うのが好きなんだ、トゥッサンは俺の好みだからな)、トゥッサン、どうやらロッシニョルが水に飛びこんだらしいぜ』と俺は思った。池の底でアマガエルとロッシニョルが会合していると俺は想像していた。ちょうど月の光が雲の切れ目から漏れてきていた時のことだった。水の底で羽根が濡れると自由に動けないだろうから、ロッシニョルの動作はぎこちないだろうな、などと俺は想像した。こうしたことをいろいろと俺は考えていた。ふと気がつくと、俺のまわりでは、ロッシニョルもアマガエルも月の光も風も夜も、みんないなくなってしまっているのだった。あるのは丘だけだった。

丘はまるでモグラの巣のようだった。大きなモグラが動いている音が聞こえてきた。地下で行われているひそかな作業が聞こえてきた。土をひっかく動作や、土の匂いをいっぱいに吸いこむ胸の動きや、地下深くの泥のなかを掘り進んでいる鼻面の音などが伝わってきた。草のなかには土くれが流れていた。地下の生き物［モグラ］は、自分の夜のあいだに活動できる生命力を存分に発揮していた。大きな泉の水の音がいくつか聞こえたが、そのうちのひとつの泉が当惑しているのが分かった。自分の指輪を松やオリーヴが張り巡らしているすべての根と結び付けてしまったので、その泉はもうそこから抜け出られなくなってしまっているからだ。泉はまるで途方に暮れている大蛇のようだったと、俺は言っておきたい。『そうだろうな。だけど、もつれをほどいたらどうだね』と俺は言った。すると泉はこう答えたよ。『言うのは簡単ですよ。あなたは泉になったことが一度でもあるのですか？　ないでしょう。だから泉のことは分からないのよ。どうしても分かりようがないのだわ』

俺は丘に登っていった。大気を味わいたかった。大気は蝶の味がした。蝶が舞っている時期だった。はじめはそんなことは思いつきもしなかったが、すこし考えてみれば、事情が分かったことであろう。町から町へと力強く移動するあの放浪者たち、あの山羊のような男たちは、蝶や蟻や毛虫たちと同じ法律を持って暮らしているんだということが。どこなのか分からない場所の奥底から、例えば星たちの向こうから、命令が彼らのところまで届くと、彼らは歩きはじめるのだ。蝶や蟻や毛虫たちに人間たちが混じって動きはじめる。俺はあの男から遠ざかった。この丘の上は、旅する蝶たちで一杯だった。空中には蝶の味が漂っている。乾燥しているので、喉にはあまり心地よくないあの埃のような味だ。屋根裏部屋の埃の味だよ。いろんなものが乱雑に置いてある屋根裏に忘れられた古い箱や、古くなった新聞紙や、鼠の巣のような味だ。

この蝶たちは物音をたてていた。夜に流れる大きな川の音。それは南から空を横切って流れてきた。星たちは、デュランス河の底にある石たちのように、空の奥底で動いていた。

さて、これが物事の奥底なんだ。男と女が一緒に寝ているのを見つけたので、俺が拳銃を発砲したと想像する者もいる。そうかもしれない……。そんなはずはないよ！　そうだったかもしれないが、そうするためのしかるべき理由が見つからない。

それに憲兵たちは、俺が窓ガラスを狙って、部屋のなかから外に向かって発砲したことを確認した。

こういうことだよ。

俺は家に入った。万事が平穏無事だった。物音はもう聞こえなかった。家のなかを隈なく見てまわった。壊れているものは何もなかった。

女房は奴をうまく扱ったようだ。

ところが、窓ガラスの上でタンブラン［プロヴァンス起源の長い太鼓］を叩いているような小さな音がした。手でタンブランを叩くような音だが、手袋をつけた手で叩いている感じだった。

『これは何かの合図だな』と俺は考えた。

そうではなかった。

俺の手をふたつ合わせたほどの大きな蛾だった。窓ガラスに張りついた蛾は、翅を羽ばたいていた。蛾はガラスをひっかこうとしていた。ガラスから光の精髄のすべてを吸い取っていた。光で陶酔していた。赤褐色の毛深い大きな胴体、肢(あし)の爪、針のように尖っている大きな吻管。この吻管を俺たちの血管に突き刺せば、小石混じりの乾燥した土地のように、俺たちはすっかり干上がってしまうだろう。

そこで俺はこう考えた。『トゥッサン、蛾の奴らはお前のあとを追ってきて、窓ガラスに張りついているんだ。お前が生きている限り、ずっと奴らはついてくるんだ。』カウンターテーブルの引き出しから拳銃を取り出し、俺は窓ガラスの向こうにいる蛾を撃った」

★

平野を流れているデュランス河は、まるで無花果の枝のようだ。灰色の木材でできているような柔軟なデュランス河は、牧草地や耕作地のあいだを流れる。いくつかの白い小島のまわりで、デュランス河は三つ編に編みあげられている。そのデュランス河は無花果の木のあの匂いがする。それは植物と苦いミルクの匂いである。デュランス河はその流れによって大量の草のついた土や、種子の混じった土や、重い樹木などを運んできた。デュランス河は大量の葉叢を粉砕し、ごーごーと音を立てている河底で大量の太い木の幹を転がして運び、沼地に生えている柳の林のなかに自らの木の枝をたくさんからませてしまったので、自分も樹木のようになってしまっている。デュランス河は、まるで樹木のように、平原に横たわっている。デュランス河は、自分自身がまるで曲がりくねった幹のように機能しながら、互いに木の枝のように離れているアッス川やビュエッシュ川やラルグ川やその他の多くの川とともに流れている。デュランス河は、その多くの枝の先端でさまざまな山を運んでいる。

下降していく平原は、ウマゴヤシの畑のあいだにある耕作地の継ぎはぎを当てられ、樹木の下を流れる小川であちこち縁飾りを施されている。岩の上や泥土の上に散在する農場が見えている。下流の地方の農民たちや平原の住人たちは、こうした事情を心得ている。平原を横切るようにして、群がっている岩石の白くて大きな連なりがある。その白い岩の壁は、錬成された鉄のように打ちだし模様を具えており、また鉄と同じほど硬い。平原にある農場では、労働や汗や悪態や、空の四方に向けられた取り乱した目などが観察されるにもかかわらず、貧困と硬いパンに甘んじている。広いテーブルの上には何も置かれておらず、女は黙って後悔しながら干からびていく。泥のなかにいる雌豚のように泥土のなかに構えている農場では、戸棚には脂肉や大きな壺が並んでいる。蓋つきのパンの捏ね桶は斜めになっており、屋根裏部屋の床板が疲弊しているので住民たちは不安を感じている。こうした農場では、女たちはまるで水でできているかと思われるような肉体で揺らめいている。彼女たちの肉体は、布製の袋に入った水のようだ。血筋が根本的に良好なので、彼女たちの目から私たちは水を飲むことができるが、その水の味は平凡である。娘たちは町の学校に行き、半月鎌を指して「これは何なの?」などと訊ねる。素早い足を具えている男の子たちは、怯えている哀れな獣たちを豪華な銃で狩りたてる。しかし、一年のうちで夜が長く支配的な季節になり、そして大地の力が、凍結する地面のすぐ下で、すっかり盛り上がってくるとき、泥土の上の農場は、乾いた金の重量に耐える不安定な小舟のように、かすかに軋むのである。そしてさらに、こういうことも私は目撃したのでよく知っている。貧弱な土地の息子が、平らな畑のはずれまでやってくる。彼の髪の毛はセロリの葉のように美しく、皮膚は杏のようであり、手は健康で、口はきっぱりしている。彼の頭脳の大きな風車が回転し、口を活動させる。ところで、豊かな土地の娘は羽毛の掛布団をひっ掻いて泣いている。貧しい土地の娘が平らな靴を履いて町にやってくる。彼女の身体はアイリスの茎のように丈夫である。彼女の顔は花よりも美しい。彼女は昔から伝わっている羊飼いの歌を歌う。そこでは山や星が歌われている。そのとき、豊かな土地の息子は口元にできている吹き出物を掻きむしる。

こういう風にして、平野は生命の積み荷とともに下っていき、ミラボーまで行くと、樹木でできた泡をミラボーの岩に向かって投げつけ、そして平野は向きを変える。もう平原は私たちには見えなくなってしまう。

デュランス河の向こう側にある、いつも変わることのない姿を見せている青いヴァランソル高原が、古くなった銅の棒のように、平野をそこで閉ざしている。ヴァランソル高原は狷介(けんかい)な相棒である。私の言うことを分かっていただきたい。ヴァランソル高原は私には素晴らしい友であるが、平野の農民にとっては狷介な相棒だと私は言っているのである。ヴァランソル高原は、雹を投げつけ、稲妻を運んでくるし、雨嵐を産み出す業も身につけている職人なのだ。ヒイラギガシと杜松を全身にまとい、あちこち傷跡で覆われている、その高原は目の前にある。春には花盛りのアーモンドの花の御馳走を楽しみ、夏のあいだは太陽の光をがつがつ食べたりして、野生的な暮らしをしている。高原が礼儀をわきまえていると言っても、乱暴なやり方で慇懃なのである。あなたが高原に花を要求すれば、根や土塊がついたままのタイムの茂みを丸ごとあなたの顔に投げつけてくるだろう。私たちにとって不安なのは、高原が沈黙しているということである。ヴァランソル高原は目の前にあるのに、何も言わないのである。例えば、あなたが手首を巧みに動かし無輪犂を扱うとか、葡萄畑を見てまわるような時期が来ているということにしよう。それでも高原の方は、相変わらず同じで、無言のままである。二本の角を生やした状態で昼間に頭上に見える美しい月を高原はじっと見つめながら夢にふけっているのだろう、とあなたは考えてしまう。そして急に、雷を満載している三つの大きな岩のような雲によって高原はあなたの上にのしかかってくる。雹がラバの耳を引き裂く。頭絡を持ちラバを御して納屋に連れていくために、あなたにできる努力のすべてを実行すればいい。そうしているあいだに、小川は氾濫し、あなたの畑の畝の溝は泥と草で満たされることになる。これでシバムギ［イネ科の多年草］の素晴らしい収穫が約束されたことになる。あるいは、なかば期が熟している葡萄の収穫を高原が踏みつけたりすることもある。

ヴァランソル高原は、それでもやはり、私にとってはかけがえのない友である。この高原のような性格を持っているものが誰か他にいるだろうか？　しかし、よく晴れた八月の日曜日に、髪の毛にも例えられる小麦を刈り取られてしまい、空の粘土を軋ませている火［太陽光線］の重量の下で高原の頭には生えているものがもう何もなくなってしまう時、その時こそ、ヴァランソル高原は、確実な導き方で、あなたを生命の可能な限りの奥底まで、つまり、樹木や動物や岩や草や人間が、パンの練り粉のように、捏ねあげられている赤茶色の暗闇に、案内してくれるであろう。

★

こういう風に、丸みを帯びた女性的なこの丘［モン・ドール］の上から、広大な大地の全貌を望むことができるのである。愛想のよいこの丘は、乳母でもある。丘はその純粋な稜線の輪郭を中空に持ち上げていく。その輪郭はいくつかの川の動脈により膨らまされているのである。平野は流れの水源まで水を吸いに来てから、立ち去っていく。その平野は樹木や小麦を満載している。

私たちはまず南を、そしていくらか西を眺めてきた。ついで東の方を、そのあとは北の方を眺めてみよう。そうすれば、私たちはぐるっと一周したことになるだろう。甘い西瓜のようなこの地方の土地が私たちの周囲に広がっているであろう。そして私たちは種子のようにその中央にいるのである。

★

さて、東の方角では、アッス渓谷がまっすぐ日の出の方角に向かってヴァランソル高原を切り裂いている。それはレ・ヴァルガスの羊飼いがこの前の復活祭の際に説明してくれたことだ。自分の身体を洗うためにあそこを訪れる時期だ。それを心得ている羊飼いは、毎年のように私が行くのを待ってくれている。一年間お互い会っていない。石ころだらけの道を私が歩く足音を彼は素早く聞きつける。花が咲いたので、復活祭の時期だと分かっていたのだった。私の顔も見ないで、「やあ、ジャン！」と彼は叫ぶ。そこで、大いなる洗浄が行われる。この洗浄は今では私の生活の一部になってしまっている。タイム、ラヴェンダー、セージ、かたい茎のハーブ、丈の短いエニシダ、もっと肉厚の別のハーブ、そして風などによる洗浄である。以上が水である。一昼夜のあいだ、何も言わずに、こうしたもののなかで泳ぐのである。冬のあいだ、塩分の混じった大気を吸いこみ、掛布団の下に鼻を入れ、暖炉の火を掻き立て、鼻孔から雨を飲みこみ、軽い本を読んでいたのではなかっただろうか。だから、ハーブのなかで泳ぐにはたっぷり一昼夜かける必要がある。そして、二日目の朝になると、私たちは目を開く。すでに清潔になっているのである。匂いは小刻みに味わうことになる。私たちが縮こまって身につけている厚地の毛織物の外套は熊の匂いがする。何故熊の匂いがするのか分からないが、いつも私はこう言ってきた。

「チストゥ［バチストの愛称］、熊の匂いがするよ」

「そうだよ、熊の匂いだ」チストゥはこう答えた。

夜は明けたが、まだ星が見えている。私たちと星とのあいだにある青みがかった空間の奥底には、他の人間たちや他の動物たちを載せている大きな球体や埃が通りすぎていく。そういうものたちの歌が聞こえてくる。世界は美しい低音で歌う。あの上にある緑色の星では、鉋で板を削っているところである。鉋くずが夜明けの空に飛び散っている。金星の斑点のなかで、糸を紡ぐ女性が糸車をまわしている。赤い星では、肉を焼いている。雌羊たちが月の上を通過している。私たちは清潔だ。すっかり清潔になった。

「聞こえるかい？」チストゥは私に言う。

「聞こえる」と私は答えたが、本当のところは何も聞こえていない。私は誠意を表すために「聞こえる」と答えたのだ。

「俺たちはあの丘をうんざりさせている」チストゥは私に言う。「ずっと前から、俺たちはあの丘をかき削っている。だから丘は飽き飽きしているんだ。聞こえたかい？　さあ、立ち上がるんだ。もっと離れてみようぜ」

私たちはもっと遠くにいく。私たちの後ろにある鐘という鐘から羊たちの群れが流れ出てくる。そこにいるのは私たちだけである。私はこう考える。

「どうやら、洪水がちょうど終わったところのようだ。丘は水から出たばかりだ。ヒイラギガシにはまだ泥がついている。チストゥと雌羊たちと私の他には誰もいない。箱舟は難破した。彼らは計算を間違ったのだ。チストゥと雌羊たちと私は、筏に乗っていた。私たちは計算などしなかった。もう私たちだけである」

こうした瞬間に、普段、私は身体の奥底までかぐわしい大気を大きく吸いこむことにしている。その冷たい大気がまるで氷の塊のように私を満たし、私の血液がその大気のおかげで冷やされ、その冷やされた血液が全身をかけめぐるようになるのが、感じられた。

ああ！

ああ！　チストゥ、私の昔からの仲間よ！

「さて」自分でも夢を見ていたチストゥが私に言う。「あのアッス渓谷が見えるだろう。あの渓谷を作ったのは太陽だと、俺は君に言っておきたい」

チストゥは私をじっと見つめる。私の目が新しくなっているのを感じた彼は、安心した。

「そうなんだ」チストゥは続けて言う。「あの渓谷を作ったのは、太陽だ。太陽の光線の重量がどのようなものか俺たちにはとても分からない。毎朝――俺は昔のことを言っているんだ――、そう毎朝、太陽は昇ってきていた。太陽の正面には高原があった。毎朝、太陽は最初の光線を高原の上に投げつけた。それは意地悪でやっていたのではなく、戯れるためにそうしていたのだった。君は最初の光線を見たことがないかい。もちろん、あるだろう？　自分の目で見たら、俺が言っている通りだということが分かるだろう。俺たちは日の出を待つ。それを予測する。そうすると太陽が昇ってくる。『さあ、太陽だ』と俺たちは言う。出てきた太陽は、どこかを叩く。一般的には、日の出のあとを俺たちは見ている。しかし、俺が狙っていることを狙いたければ、すぐさま両目を閉じて、聞き耳をたてるがいい。そうすると、かすかな物音が聞こえてくるはずだ。その音は、放下車［後部を傾けて砂利などを落とす車］が走行するように、走っているのが分かる。それは太陽光線が大地を叩く音、あるいは水が跳ね返る音なのだ。そしてそれは、太陽がどこかの海に落ちたということなんだ。あるいは、空気を切り裂き遠ざかっていく、しゅーというじつに長い音が聞こえてくることがあるが、それは太陽光線が空のまんなかを叩いている音なのだ。そういうことがあれば、普通は、穴があいたはずなので、午後になると風が吹くと予想される。つまり、今話してきたのは、君に太陽の最初の光線の持っている力について話すためだった。

この最初の光線は常に高原を叩いてきた。名人の手によって作られた立派な高原なので、震えはするが、いつもどっしりしていた。ただ、太陽は毎日現れ、しかも常に同じ力でもって働きかけるので、少しずつ、大地の肉体の奥にある骨を切り裂いてきた。そして徐々に、太陽の光線の衝撃により谷間が掘られていったのである。そうして穴が穿たれてしまったので、その上のアッス川は態度を決めた。そして氷を放出し、アッス川は流れ落ちることになった。『道がすでにあるのだから、それを利用するのが道理というものだろう』こうアッス川は言ったのだ」

★

この谷間の裂け目から階段状になっているアルプス山地の山肌が見える。向こうの奥の方にある砂利の上に、さらに泥のなかに、デュランス河の枝とも言えるアッス川や、小さな流れや丘から落ちてくる奔流や細い溝などの一族郎党が見えている。その溝の両岸の唇のように見える草のあいだを源泉の水が流れている。飲み水になるその泉に通じている道が見えるし、その道の突きあたったところにある農場には、大きな果実が実っている様子も見えている。

そこには、李の果樹園に囲まれるようにして築かれている薄暗い村がいくつかある。私たちが森林警備員や郵便配達人を持っているように、村の出来事を物語る語り手をそうした村は具えている。昼間だったら、日陰で、昼寝のあいだに、村のことを語るのは靴直し職人だったり、車大工だったり、静かに涎（よだれ）を垂らしている知的障害者だったりするだろう。

しかし夜になると……。

人々は広場に生えている桑の大木の下に集まる。そして冷たい石の上に坐る。その人物は人々の輪の中央にいる。彼は靴や鉄材を手放した。あるいは大きな手の甲で涎のすべてを拭いとった。彼には夜の闇がすっかり染みこんでいる。彼の大きな目は、手づかみのカラスムギのように澄みきっている。そして親しげな風が彼の髯と髪の毛を巻き毛にする。

時には語り手が語らないこともある。語り手は本を読む。そういう時には、二人の男が語り手の近くに構え、蝋燭を高く持ち上げる。

時どき、朗読する人物は読むのを中断し、要求する。

「塩を振りかけてほしい」と。

男たちは塩を指先でつまんでぱらぱらと炎の上に振りかける。そして彼は読書を再開する。

この前は、杏が熟していた頃のある夕べ、こうした村のひとつで私はひと休みした。少女が私にコーヒーを淹れてくれてから、果物が入っている籠を私の前に置き、「どうぞ食べてください」と言った。彼女は家事をするため部屋のなかに入っていった。時どき彼女は敷居のところまでやってきて、私が何か必要としていないかを確認するのだった。私は植木箱で育てられているマユミの木陰で本を読んでいた。

「読書がお好きなのですか?」彼女はこう訊ねてきた。

「そうです」私は答えた。

「何を読んでいるのですか?」

彼女は私の方に身体を傾けてきた。私は言い訳をした。

「英語なんです。ホイットマンです」

「美しいのでしょうか?」彼女は訊ねた。

「聞いてください」私は彼女に言った。

そして私は本に書かれているとともに私の心のなかに染みこんでいた詩を彼女のために自由気ままに訳しはじめた。

彼女は耳を傾けていた。私が視線をあげると、彼女はまっすぐ私の目を見つめていた。

道の向こう側では、ひとりの男が果物の荷づくりをしていた。

彼は私たちを見つめた。彼はズボンで手を拭き、こちらにやってきた。

鍛冶屋は鉄床を叩いていた。果物の男は叫んだ。

「サンソンブル、静かにしてくれないか」

サンソンブルは金槌で叩くのを止め、革のエプロンをつけたまま近づいてきた。

彼らは私のそばに坐りこんだ。私が読むのを中断していると、彼らは続きを要求するのだった。

「それで、そのあとは?……」

「それで、どうなりましたか?……」

私を取り囲んで聞いている人は今では六人になっていた。少女はこう言った。

「もうこれくらいにしましょう。この方が疲れているのは分かるでしょう」

「そうだね」彼らはため息をついて言った。

「英語なのが残念だね」こう言う者がいた。

そこで私は翻訳したものを送ろうと約束した。彼らは付け加えて言った。

「忘れないでくださいよ、何としても」

「その本の値段はいかほどでしょうか?」

「いや、俺たちは支払いますよ」

「つまり、あなたがそんなに優しいのだから、私たちはその翻訳が届くのを待っていますよ」等々。

そして、

「デルフィーヌ、お前さんの住所をお伝えしておきなさい」

私はデルフィーヌの住所を書き写した。

三か月前から、彼らはその本を所有している。

語り手が蝋燭の光のなかでホイットマンの本を持ち上げるのが、私には見えている。彼の声も聞こえる。「塩を振りかけてほしい」と語り手が言うと、彼の沈黙が聞こえてくる。車座になって語り手の言葉を聞いている人たちの沈黙も伝わってくる。彼らを包みこんでいる夜の闇は、ヴェルドン川の水よりもっと透明でもっと緑色の水で満たされている。

私はサンソンブルから一通の美しい手紙を受け取った。この本のなかでそれを書きうつしたりはしないでおこう。本に書いてしまってはいけないようなことがいくつかあるのだ。

★

北の方角では、眺望は、暴風雨が大暴れして揺れ動いているような丘また丘の上を飛翔していく。

大地のうねりが、丸くて濃厚な気泡を作って沸騰している。向こうの奥の方では、そのうねりは青い空にぶつかり、白く尖っているアルプスに襲いかかっていく。谷間にある貧弱な農場は、オリーヴ畑やヒイラギガシの森の油のような光沢のなかで揺れ動いている。時として出現してくる鳩小屋は、鳩たちを吐き出している。

そこには、髯を伸びるがままにし、目が澄んでいるような男たちが暮らしている。彼らはほとんどしゃべらない。二十もの言語を知っている男をひとり私は知っている。七月の長い午後のあいだずっと、彼は私をあちこち連れていってくれた。彼と一緒だと、いつも沈黙である！　お互いに見つめ合えば、それで充分なのだ。デュール＝コートを経由してピック＝メイヨンの山頂まで私たちは登った。そこで彼はツグミに話しかける必要があった。彼はツグミたちの言葉が理解できるのだ。彼はウソ［アトリ科の鳥］に挨拶した。迷っている蜜蜂の群れに長い行程のすべてを彼が説明したところ、蜜蜂は教えられた道を、まるで星が軌道をたどるように、飛翔しはじめた。彼がキツネに呼びかけると、キツネは向こうの丘から彼に返答した。彼はキツネには近寄らなかった。多分、私がいたからであろう。

私は彼に訊ねた。

「どうやってあんな声が出せるの？」

彼は咳払いをし、私を見つめながら空気を噛みはじめた。そしてこう言った。

「よく見て」

彼は舌を歯にくっつけて見せた。私もまねてみた。そうすると、動物の叫び声が出てきた。しかし、それは何とも名前をつけようのないような叫びだった。茂みや草叢のなかで何かが逃げていく気配が感じられた。

彼は肩をすくめて弁解した。そして笑いはじめ、私にこう言った。

「心のなかから自然に出てくるんだよ」

これらの丘は、沢山のものを心の内に秘めている大地である。丘における生命は健全で、厳しい大気が一杯詰まっているのだが、痩せた土地なので、そこでは力を振りしぼって鍬を大地に打ちこまねばならない。期待できる収穫はごく少ない。収穫物は男の背であるいは女の背で運ばれる。というのも、ひとりものの女もいるのだから……。ともかく、混同しないように注意しよう。小さなオリーヴの木にはわずかな果実しか実らない。その木の下に小麦の種をまく。平野の方では海原のような重く垂れた小麦の穂の原がひたひたと音をたてているというのに、丘の小麦の芒(のぎ)は若くその丈は低い。春にジャガイモを取り入れるために、丘の地面を少しかき削ってみる。農場は互いにとても離れているので、そこでたてる物音は風の音に吸いこまれてしまう。丘には、風の音や、樹木の音や、動物の生命や、空の生命や、大地の生命や、時には善良な目を具えた男たちの往来、こうしたものしかないのである。人々は軽快に通りすぎる。鋲を靴底に打った靴を履いた足で地面を押しつぶしたりせずに、底がラフィア[ラフィアヤシの葉から採られた繊維]でできた柔らかいサンダルをつけた足で地面にそっと触れる。そうした人物が通りすぎても、草も動物も、道を譲ったりするものは何もない。丘を通行する農民は、昆虫たちをまたいで歩くような人間である。母親たちは、夏の盛りには、子供たちに木の葉をまとわせる。丘の住人たちは、医者を呼びにいったりすることはまずない。彼らはハーブの効能で病人を治すこつを知っている。彼らは時には仲間同士で自分たちの土地を売り買いする。公証人証書を作成するということだけは忘れることなく。彼らは人間同士の深刻きわまりない問題でさえじつに単純に解決してきた。大地だけが彼らに忠告を与え続けているのである。

「あんたなら分かるだろう。俺はジャガイモを売って、その金でパンを買った。俺は小麦を売り、ワインや肉やジャガイモを買った。『これはどういうことになるんだろうか? 旋回病にかかった羊のように、ぐるぐるまわるんだ。小麦を求めて小麦を売る。俺の小麦もおなじことだ。』俺はこう考えた。それとも、こう言う方が分かりやすいかもしれない。灰のなかに埋めて焼いたジャガイモに噛みついたとき、『仲間よ、なるほど、これがジャガイモだ!』と俺は考えた。つまり、この丘の土地は、土壌が新しいのだよ。少ししか生産しない土壌なのだ。そのことは了解できる。この土壌が少しの収穫物しか生産しないのは、いい品物しか作り出さない腕の立つ職人のようだ。サツマイモのなかには、大地のありとあらゆる味が詰まっている。いわば奥の奥の味がそこには凝縮しているんだ。まるでバターのように、温かい舌の上でそれはとろけていく。あんたに言おうとしていることはくだらないかもしれない。しかしそこには陰の味が、新鮮な大地と大気の味が注入されているんだよ。そこで俺はこう言った。『小麦が何故そうでないんだろうか？　ワインが何故そうではないというんだろうか？　他のありとあらゆるものが何故そうではないというんだろうか？』

俺はかまどを作った。裏にあるんだ。見にいこう。上には石が載せてある。これらの石は元から平らだったのさ。かまどには乾燥したタイム、オリーヴの切り株、葡萄の若い枝、ラヴァンダン［ラヴァンド（ラヴェンダー）とアスピックの交配種］の束などを詰める。そうすると素晴らしい炎が得られるんだ。あんたには分からないかもしれないな。オリーヴの木の丸い切り株をまん中に入れると燃え上がる火で、かまど全体が雪のように白くなる。赤い燠は、まるで大きな薔薇の花のように、開いているんだ。そしてその匂いときたら、たまらんよ！……

そこで、まず最初に、俺は練り粉を空中で捏ねてみる。練り粉のなかにある気泡のすべては、練り粉のなかにたっぷり入っている風なのだ。俺はかまどのなかにパンを並べる。そしてドアを閉める。俺は糸杉の根元に坐るだろう。たっぷり二時間のあいだ周囲を見渡して過ごすことになる。だからこそ、いつの日にかこのようなパン焼きのことを、そしてまた、この周辺でどんなものが見えてくるかといったことを、俺はあんたに話そうと思っている。

ワインについても事情は同じことだ。ワインは少ししかない。俺はワインを少ししか作ることができない人間なんだ。

雌鶏が二羽いて、卵を産んでくれる。雌山羊も二頭いる。乳が出るし、子山羊も生まれる。それ以降、俺はもう動かない。俺は自分のために働く。気に入らない人たちとは会わない。それに、俺が食べる食物は、最高のものばかりだ。

俺には脚がある。だが脚と忍耐をもってしても端まで行けるような街道はない。俺には腕がある。しかし腕と忍耐をもってしても叩きのめせるような仕事はない。それに、こういうことをはじめてから、何をするにしても俺には時間がたっぷりある。俺のポケットには時間があり余っているんだ。俺がやりたいだけ、時間を浪費していいんだ。やりたいことのために。それで犠牲になるものは何もない。人生は美しい！」


この地方は波打って広がっていく。そして美しい谷間が穿たれている。その底には小川が流れ、岸辺には柳が茂っている。それは幅が三歩ばかりのラルグ川である。それは他の小川のように均一の傾斜を流れているわけではない。深い穴のなかで流れは眠り、ついで魚たちを運びながら穴から穴へと滑っていく。そして時には万事が止まってしまい、高原に雨が降るのが待ち望まれる。この水がたまっている穴をのぞきこむと、逆さになった樹木や空の世界がまず見える。それを見ると、何人かの少女たちがここで溺死したのだが、その理由が理解できた。そこはひとつの国の入口であり、出発地点なのである。水のなかに、雲や樹木や鳥の飛翔や花がある。少しばかりの勇気があれば、それとも勇気などいらないかもしれないが、あとは重量のある肉体がやりたいようにやってしまうことになるだろう……。

エレーヌ！

小さな村のこのエレーヌという少女は、羊の群れのように岩の上に登るんだ……。豊かな黒い髪の毛で、鼻筋は通り、大きな目をした、この美しい少女を私は知っていた。日曜になると、平野にある小さな酒場の前で、彼女は男たちとペタンクをしていた。美しい脚を緊張させ、はちきった腕を持ち上げ、手首の細い小さな手が球を投げていた。太腿のところはゆったりしており足首で引き締まっているズボンをはいたピエモンテ生まれのベッピーノが、店のなかで動きまわっていた。鞭を振りまわし、叫び声をあげ、スカートをはためかせ、馬のたてがみをなびかせ、馬車が街道を通り過ぎていった。

ベッピーノは彼らに向かって大きく口をあけて「おおい！　おおい！」と叫んだ。今にも噛みつきそうな歯や、血統書つきの犬のような黒い喉の奥が見えていた。空の端っこのように青い羊毛製のベルトや、空の上の方のような青さのズボンや、五月の朝の霧のように青いシャツを彼は身にまとっていた。しかし彼の目だけには、水のように若々しい生気がみなぎっていた。

私はエレーヌの姿を見た。二日前に彼女は水から引きあげられたのであった。彼女は母親の家のドアの前の麦藁の上にいた。うっとりした目つきで彼女はまわりを見渡していた。母親の家は村の小さな広場に面していた。動きの鈍い大きな動物のような楡の木が、幹をよじり、空で開花しようとしていた。土塁の向こうには、谷間の深淵が開いている。

時折りエレーヌは唾を吐いていた。彼女の口は泥とイグサの味を感じていたにちがいない。彼女はまだ日陰にいたのですっかり濡れているようだった。

私が近づいていくと、彼女は言った。

「ジャン……」

(このあたりの娘さんは男の友だちがいるものだ、彼女もそうした娘さんのひとりである。私自身は彼女をケンタウロス[ギリシャ神話に登場する、腰から上が人間で下半身が馬の怪物]と名付けているが、ともかく純粋で誇りを持った娘さんである。)

「友だちのジャン、ああ！　身体のなかに鉄製の棒が入っているような感じなのよ」

私は彼女のそばの麦藁の上に坐り、彼女の手をとった。その手はまだ空中に漂っているようだった。そして彼女の腕は、軋んだりすることなく、柳のように柔軟にたわむのだった。私はこう言った。

「いったいどうしたんだい、エレーヌ？　君にあんなことが起きるなんてことを私は考えたくもないね。どういう料簡だったんだい？　私は君が生き生きと動いているのを見ていたし、万事が健全だと考えていたよ。君は穏やかな風のように踊る。君が踊ると、君はとんでもなく魅力的だよ。誰でも君の両足の動きと装飾のように交差する両脚のとりこになってしまう。君を見つめているとスズメバチの翅音が耳のなかで唸ってるようだ。それは何か美しいものを見ているからであろう。そんな風に鳴り響いてしまうのが人間の血液なのだ。私がこんなことを言うのは、このとおりだから言っているだけであって、私が君に接吻を求めたり、私の両腕に君の体重を受け止めたりしたいからではない、ということは君には分かっている。君が私に忠告してくれたとき、私が十字を切ったということも君は知っている。それは友情のためには、もうどうでもいいことだよ……。こういうことは分かっているかい、エレーヌ？　さて、私は君に言っておきたいことがある……」

私が話しているあいだに、彼女は次第に私の手をきつく握ってきた。爪を私の手に立てるようになってきた。

「よく聞いてよ、そうじゃないわ」目を見開いて彼女はこう言った。その目の奥には水底の輝きと静寂が残っていることが見てとれた。

「そうじゃないわ。あなたはいつでもよくしゃべるけど、あまり分かっていないわ。ほとんど何も分かっていないのよ。それに、あなたが自動ピアノに小銭をいれているのを私が見たあの最初の日もそうだったけど、あなたはいつものように作り話をしている。覚えているかしら、ジャン、私がやってきたとき、私は興奮しやすかったのよ。そうしたら、あなたは『踊ろうか？』と私に言ったのよ。だけどあなたは踊れない。まあ、同じことだわ」

「そうだね。しかし今度のことでは、私にはいくらか分かっているんだよ、エレーヌ」

「何が？」

「そう、ベッピーノじゃないかい？」

「そうじゃないわ。私はピエモンテの男の女になったりしないわ」

しかし、彼女の爪は私の手のひらを痣が残るほど強く押しつけた。彼女は家のなかの母親の足音を聞きつけた。そしてこう言った。

「近寄ってよ。こういうことだわ。あなたは分かっていないい。私が引きあげられたオンブリヨンヌのあの穴を見にいったらいいわ。水仙のなかで叫んでいたのはジョゼフよ。私をこちら側に引きあげることができたのは、スカートの膨らみのおかげなの。見にいったらいいわよ。腹ばいになって、よく見るのよ。心に鉄の棒ががっちり引っかかっているときに、あんなことに抵抗できるかどうか、よく見てから、あなたの考えを教えてよ」

彼女は抵抗しなかった。彼女はよくなっているところだった。調子は回復していた。日曜日に、彼女は駅のカフェまで下りていった。彼女は踊ってから、仲間の女性たちに「待っていて」と言った。彼女は笑っていた。ベルランゴ［香料入りのボンボン］を売っている食料品店の方に向かって走っていった彼女は、橋を渡った。しかしその店には入らずに、柳の木々の下を斜めに進んだ。ジョズレには服を脱いでいる彼女の姿が遠くから見えていた。ありがたい授かりものを眺めながら、彼は呆気にとられ、膨れたままふいごの動きが止まってしまったように、大気を一杯吸いこんだ状態でその場にいた。そうすると、彼女は裸になって穴のなかに飛びこんだ。このたびは、彼女は首尾よく向こうの世界へ旅をすることができた。

ラルグ川はこうした穴が数珠つなぎに連なっている川である。川のなかには暗闇のかたまりがあり、そこから、太陽光線に当たりながら光り輝くものぐさな魚たちが浮き出てくる。私はその魚たちの名前を知っていたが、わざと忘れてしまったようなふりをしていた。魚たちを見つめるためには、そんなことを言ってしまうとばつが悪いからである。魚の名前など知らない方が好都合なのだ。何も知らなくて、感動を味わうために自分の心を新鮮な状態に保っておくことだけが都合がいいのである。そうした魚たちの名前は、三角の頭の上につけているあの青い斑点を説明するわけではないし、また丸くて大きな歯を具えている彼らの口を説明するわけでもないし、ましてや煽情的で正確なあの腰の動きで、蛇の呪いのように、獲物を獲得する魚の秘密を説明するわけでもない。それなら、そんなことを知って、何の役に立つだろうか?

ラルグ川の一方の側には私たちの丘がある。向こう側には平原がある。それはマノスクの平原とは様相を異にする小さな平地である。その平地は、青い空の覆いの下の丸い土地の一部を構成している。

この二つの谷間の相違は、それぞれの谷間を流れている川に由来している。デュランス河はその苦い水の流れによってアルプス山地の大きな山を侵食してきた。花崗岩を削り、砂岩を崩壊させてきた。大地を溶かし、樹木や、草原や、橋の残骸や、揺り籠の赤ちゃんとともにひとつか二つの農場を、運び去った。そうした作業のあとで、デュランス河は川床を、つまり平原を作ったのである。デュランス河は、灰色の尾で平原を叩くことにより、平原を厳しく押しかためた。大地は怖がっている。他には何もできないので、大地はその場にじっとたたずんでいる。それにそれ以上のこともあるんだ。忍び足で、男たちが言っていることとは反対に、物知りたちの法則に反して、デュランス河の大地[平原]がそっと丘の方に接近し、杜松やヒイラギガシの上に登り、着々と前進しているということを私は知っている。そして大地は立ち去っていく。大地は怖がっている。大地は水のそばにありながら乾いているのである。時折り、デュランス河は頭をこちらに投げかけ、噛みつく。そうすると、大地は後退する。

ラルグ川は、リュール山の斜面に広がる広大な高原が提供してくれたものすべてを使って小さな平地を整えた。それは山と川のあいだに同意された協約であり長く続いている友情である。それに、まさしく、この高原は優しい魔法使いであり、壮麗な詩人でもある。高原は人間たちからきわめて遠く離れたところにあるので死滅しかかっている村をいくつか抱えている。高原が確保したのは、数人の住人たち、堅固な心の持ち主たち、美しい腕の持ち主たち、二メートルの男たち、町の臼で押しつぶしてもらうにはいささか大きすぎた人たちだけである。そこにはアダムとイヴの夫婦が住んでいる。彼らは、生きるためにまず最初に必要な動作を大気の奥底まで探しに出かけて、そのことをふたたび学ぶような人たちである。その動作とは糸を紡ぐ女性の親指の音や、機織り機の杼を扱う手のひらの動きや、籠編み職人の手首の働きなどのことである。ところで、こうしたことすべてが地上で行われている。この美しい男たちは彼らの夢とともに大地の上を歩き、夢はまるで汗のように頭から流れる。大地は彼らの歩みの陰のなかでその汗で濡れている。それは、大地の上にあっては、夢の重量としてすでに恐ろしいものであろう。しかしそれだけではない。高原は平らで裸で、風に削られ、風に印をつけられているだけでなく、埃という大きな経帷子がそこを走りまわっている。その経帷子は飛びまわり、雨の音とともに、植物の葉叢の上に襲いかかるのである。向こうの端では、ヴァントゥ山が、頭を砂に埋めて、青い亀のように眠っている。高原の歌は、草と大気の声で歌われるので、単調でいつまでも続く。それは木の葉でできた太鼓を夢見るような手が叩く鈍い音で、夜明けから夕べまで中断することがない。夜の薄明かりのなかで、歌のゆるやかな熱狂が人間の脳髄をそっと噛みつける。そうした時刻になると、この美しく純粋な男たちと、イヴのような女たちは、動物を思わせる柔軟な身のこなしで家の外に出ていく。

高原の脱穀場は、星々のあいだから吊り下げられている広大な魔法の絨毯である。

彼らはカップルごとに、樹木の震えに呼応して震動している。そして両腕を横に広げる。彼らの身体は空中に持ち上げるには重すぎる。それはまず泥の踊りである。両足はかろうじて地面から離れるだけである。大気のなかを響きわたる太鼓は、急ぐことなく、一拍のなかで二度叩いたりすることもなく、何も変更を加えることなく、常に自分のリズムでとん、とん、とんと鼓動している。横に広げた両腕は翼のようだ。そして男と女は、夜の闇のなかで互いに向き合い、その場で踊っている。ハトたちが平原にあるハト小屋からほとばしり出てきて、ツバメたちは丘にあるいくつかの小さな村の住人たちを目覚めさせる。無数の鳥たちの流れが闇のなかを通過していく。動物たちは葉叢の下を小走りに走る。大地は、沸騰する黒い水のような蟻たちを吐き出す。

男と女は大きな翼のような両腕で鳥たちを優しく追い払っている。彼らの足元では、昆虫たちの緑色の血がまるで香のように煙っている。

彼らは踊り、互いに接近し、腕と脚がからみあい連結しあう。踊りはゆるやかになり、彼らはまるで樹木のように地面に倒れる。

そこから不思議な子供たちが誕生する。黄金よりも美しい子供たちは、母親の家の玄関先で、大きく見開いた目で、一撃で、世界を捕らえてしまう。

踏みつぶされた蟻や月や人間の足の匂いがするこの高原の大地は、峡谷の傾斜を流れ、埃でできた雲のなかを飛んでいく。そしてのんびりしているラルグ川は、穴から穴へと滑っていく水の流れによってその大地を運んでいく。茂みや貧弱な農場ででこぼこになっているこの小さな平野が成り立っているのは、この大地の上である。川がまわりに張りめぐらせている秘密の枝ぶりが、草原の地面の下を通って、根を張っている場所に水をまくためにやってくる。林の下草のところでは透明で新鮮な水がまるで汗のように滲みでている。

私たちはその大地のカラスムギが茂っているところで、蜜蜂の形をして、風を受けて必死に翼を羽ばたかせている花に遭遇する。そこにはスイセンの湖［群生地］もある。そのスイセンの湖は自らのねばねばした動かない波を平原のありとあらゆる波動に貼り付け、鈍い波をたてて揺れ動き、その波は空っぽ（から）の羊小屋にひたひたと押し寄せていく。そこでは、夕闇が迫ると、木々は背骨を立て直し、話しかける。苗床を守っていた案山子（かかし）は、柳の枝でできた十字架を取り払い、ズボンを引きあげ、霧が立ちこめている平野を一周する散歩に出かける。街道の曲がり角ではかならず、葉を落としてしまった桑の木が、数匹の蛇のように、飛びかかってくる。すべての糸杉の先端には、雲の彼方の世界を掌中に収めている壮麗な叡智の象徴、フクロウが揺らめいている。

年老いて痩せ細ったふたつの小さな町「マーヌとフォルカルキエ」が、貧弱な牧草地の縁に坐っている。確実な足どりで千歩ばかり歩くと、ふたつの町はつながる。しかし、ふたつの町をつなげようとしても、同じような皺や、同じようなかさかさした外壁や、梁や腕木の構造の同じような貧弱さを確認するだけのことだ。染みが家を蝕んでいる。化膿した残骸が通りにあふれ出ている。副県庁「フォルカルキエ」の血膿がプラタナスの下の小さなカフェに鳥黐のようなものを塗っている。このふたつの町が店の奥に持っている心臓は、腐敗したムッタルド（マスタード）と砂の入った胡椒でずっしりと重い。さらに病気の肉や、密輸入された酸や、変質したワインなどもそこには混じっている。その町の心臓には、商売の呪いが準備されているのである。

しかし、もっと遠くにある青い山から下りてくる稜線の最後の斜面の上では、それは雄牛のように唸っているふたつの丘の向こう側のことなのだが、孤立した大きな町「サン＝テチエンヌ＝レ＝ゾルグ」が、リュール山の臆病な草を押しつぶしている。その村はおそるおそるひとりの聖人の保護のもとに置かれたのであった。それはあらゆる聖人たちのなかでもっとも弱い聖人で、イエスが次のように咎めた人物である。

「お前はいつもヴァニラの実を吸っている。そのために、唇の一方が他方より下がってしまっている。その上、顎まで涎を垂らしている始末だ。そんな有様だから、集まってきている者たちすべてがうんざりしている」

その聖人はこう答えた。

「主よ、こうすることが私の習慣になっているので、これを続けることによってほとんど罰を受けているようなものなのです」

サン＝テチエンヌ＝レ＝ゾルグは恐ろしい山の入口にある。その村では、リュール山の方角には、家の窓は開いていない。もちろん山に登っていく道はある。その道をたどっていく人がいても、「あなたがそうしたいのだから！」とため息をつきながら、行かせておく。それが愛しい人であれば、私たちは後ろを向いて、カフェに入る。カフェには戦前のアプサントが置かれている。正真正銘のアプサントである。それを飲むのを禁じた人たちは、そのことを承知しているが、何も言わない。この大きな村だけのために特別にアプサントを製造する工場がおそらくあるのだろう。それはとてもいいことだ。そういうことは必要なことである。考えてみてほしい。彼らはすでにリュールの山のなかにいる。彼らはこのリュール山全域の最後の［もっとも山寄りの］住人なのである。

つまりそれは不安につきまとわれている村なのである。広場にある泉では、水は震えながら流れている。砂岩でできている喉がしゃっくりをすると、泉はそれまで話していた水の言葉を中断し、沈黙してしまう。泉は耳を澄ます。それから、おもむろに、泉はふたたび話しはじめる。陽があたって暖かくなっている通りの一角で、犬が眠っている。犬は跳び上がり、空に向けて首を伸ばし、月に向かって遠吠えをはじめる。カーテンが上がり、顔が窓ガラスに近づく。ふたつの目。カーテンはふたたび落ちる。包みを持った女性が広場を横切っていた。彼女は包みを落とし、車鍛冶の鍛治場に駆けつけた。今、彼女はつま先立ちでそっと戻り、包みを拾いあげ、立ち去っていく。この看板を見てくださいよ。〈芸術カフェ〉。文字の下にある小さな尻尾を見ていただきたい。何とか拭い消そうとした形跡がある。ペンキ屋は足場の上でゆっくり文字にペンキを塗っていた。町役場とシルヴィ・マルタンの家のあいだに聳えている山の背を彼はちらっと眺めた。そうすると彼には見えたのだ……。何が見えたのだろうか? それは不明であるが、ともかく彼の身体は恐怖の動作を見せはじめたのだ。その恐怖が、それ以降、小さなペンキの尻尾として看板に刻印されているのである。

ある夕べ、私はその村にたどり着いた。私は実際の自分より勇ましそうにしているわけではない。だが、私は山から戻ってきていたと言っておく必要がある。まず、このたびは、私は道の行き止まりまで歩いていっただけなのだ。ヒイラギガシの低く垂れたふさふさした葉叢の下へと道は消えていった。私はもっと遠くまで行こうとしたが、大地が足の下で活気を見せはじめた。一歩進むたびに、道はいっそう溌剌としてきた。そこで私は引き返した。私に勇気を与えてくれたのは、チストゥ・デュ・ヴァルガスが私に持たせてくれたツゲだった。それは鉛筆ほどの長さで、皮をむき、チストゥが知っている智恵に従って裁断されたツゲの木片である。

「困った事態が到来したら」彼はこう言った。「このツゲを前に投げて、目を閉じなさい。しばらく目を開けてはなりません。そして引き返しなさい」

こうしたことから、すぐさま冷静な態度が得られる。しかしチストゥはこうつけ加えた。

「君がこの地方に戻ってくるようなことがあれば、私にそのことを知らせてほしい。君はここまでやってくる必要はない。ル・ヴァルガスのところに行って、フィルマンを探せばいい。私に食事を持って上がってきてくれる男だよ。そして彼に『ジャンが戻ってきているとチストゥに伝えてほしい』と言えばいいんだ。そして、リュールの山のなかへひとりきりで入っていったときは、誰かが不安をつのらせてあなたを待っていると思い出すのは不吉なことなんだ。とりわけチストゥのように、いろんなことをわきまえている人物が待っているなどということはよくないさ」

さて、私はその村に到着した。予想が外れたようだった。乗り合い馬車はすでに出発してしまっていた。野生の動物のように、馬車を待ち伏せしなければならないということが分かった。馬車は広場にやってきて、プラタナスの下に隠れ、しばらくそこでじっとしている。そして姿を見られることなく、遠まわりの狭い道を通って、おもむろに動きはじめる。馬車が全速力で疾走しはじめるのは、村から遠く離れ野原に出てからである。

私はひとりである。通りに人の姿は見えず、家々の門には閂がかかり窓は閉まっている。まるで死んだ村のようだ。夕闇が押し寄せてきた。この夕べは涼しかった。私は公証人をかすかに知っていた。「いい機会だから……」と私は考えた。

公証人は家にいた。やりがいのない調べ物を貧相な格好でやっていた。フランス革命方式の高い窓には小さな窓ガラスが牧草地や山の一画に向かって取り付けられていた。無数の腕を持っているヒュドラ［水蛇の怪物］の急激な動きによって、窓は不意に揺り動かされた。そしてヒュドラの爪がガラス板の上で軋む音がした。それは風に揺り動かされている無花果の大木が、家のなかに侵入しようとしていたのだった。

公証人はセルヴァーヌという人物だった。病気の小さな猫のように、彼は自分の世界に閉じこもっていた。セルロイドの高い襟があまりにも幅広だったので、ボタンをかちかち鳴らしながら、首のまわりで揺れ動いていた。無花果が攻撃してくるたびに、セルヴァーヌは動作を止めた。彼はドアを見つめ、まるで叫ぼうとするように口を開いた。

私はもう少しで彼にこう言いそうだった。「あの木が腹をすかせているのが分からないのかい。注意する必要がある。斧を取り出してきて、手の届くところに置いておきなさいよ。つまり、窓ガラスは大したものではない。だけど、あの大きな枝が部屋のなかに侵入してきたら……」と。

セルヴァーヌは石油ランプに火を灯すために、立ち上がった。芯を調節した。部屋のなかで闇が翼を羽ばたきはじめていたからである。私は、ポケットの奥で、チストゥが裁断したツゲをいじっていた。ひと跳びで、男は私の前にきた。証印のある硬い紙が、震える彼の手のなかでかたかたと鳴っていた。彼は言った。

「正確な事実とはどういうものか、知っていますか?」

彼は不健康な公証人のとげとげしい息を私の鼻に吹きこもうとしていた。

「ああ、そんなことは、私には分かりません。いったいどういうことなんですか?」私はこう言った。

「正確な事実ですよ」彼は言った。「正確な事実。正確であり、他にはいかなる疑問の余地も残さないようなことです。書かれた内容を石より硬いものにすることですよ」

彼はため息をついた。書類を貫通して出口を探そうとでもするように、私は返事をせずに、肘掛椅子に沈みこんでいた。畝織の袖で包まれた腕でもって、私に対して彼は開口部を塞いでいた。

「正確な事実です。私たちが正確でなければ、ある事態が訪れ、泥のように軟弱な証書のなかに入りこんでしまう。ある事態が発生し、農場の端に食らいつき、シーツのように畑を引っ張り、一頭そしてまた一頭と羊たちを取り上げて持っていってしまう。ついには、人間が首を吊る。今日の午後扱ったこの農場は、遺言の対象になっているのだが、それはサント＝マルトあるいはサント＝マルトーだろうか？ あなたは知っていますか？ それとも、サンテ＝マルトーだったかもしれない。マルトだったか、マルトーだったか、あなたは分かりますか？ この地方は、まるで水のように、恐ろしくて、虚偽に満ちている。私は三つの名前を書くだろう。それはいいんだが、その他のことはどう扱えばいいんだろうか。私は思案した結果、下に注釈を付け加えることにした。（彼は証印のある紙を人差し指でさし示した。）明日、彼らに追加事項に署名させようと思っている。これだよ。読んでみてほしい」

彼は私を解放してくれた。そして自分の机に戻った。私の膝の上に書類が残ったので、私はそれを取り上げて、読んでみた。証書の下に、間隔が詰まっているがとても読みやすい小さな字体で付け加えられている文章は次の通りである。

「この証書は、書記を伴わずに、サント＝マルトあるいはサント＝マルトーあるいはサンテ＝マルトーの農場に赴いたセルヴァーヌ氏によって作成された。このセルヴァーヌ氏は、目的を遂行するために、上に記された農場の台所、あるいは北から明りをとっている台所として利用されている部屋を、一時的な住まいとした」

向こうにある自分のテーブルに坐って、彼はつぶやいていた。

「北から明りをとっている……、北から明りをとっている……、北から明りをとっている……」

闇の翼が羽ばたいている下で、彼は背中を丸めていた。額には不安の皺が刻まれていた。

私たちは一階の食堂で食事をした。セルヴァーヌ、娘のジュリ、奥さん、そして私の四人。四脚の椅子は覆いを取り除かれていた。シャンデリアは覆いがかけられていた。錬鉄の端とランプが際立つように、シャンデリアの覆いの布の片隅が取りのけられた。ランプに火を灯すと、ランプは巧妙なやり方で、まるで隠れ家にいるような具合に、食器類を照らしはじめた。

セルヴァーヌ夫人は、山のイメージに合うように山によってはぐくまれた大柄な山の女であった。肩から上腕の部分が膨らんでいる胴着を、彼女は巨大な乳房で満たしていた。三重の襞のある彼女のプロヴァンス風のスカートは、足元まで縦筋の通っている柱のようだった。彼女の唇にコンマをつけたような濃い口髭が鼻の下で震えていた、

娘さんのジュリは当時十六歳だった。大きな黒い色ガラスが嵌めこまれている大振りのあの指輪

からしか彼女の様子は思い浮かんでこない。それ以外はくすんだ色彩の白くて柔らかな皮膚を思い出すだけである。例外は目で、そこには輝く水を満々とたたえた卵型の水溜りが潜んでいた。

「ドアは閉めたの？」夫人が言った。「それに鎧戸は？」

「鎧戸は私が閉めたわ」ジュリは言った。

「ドアはどうなの？」

「ええ？　ドアだって？」

「それは多分俺だろうよ」セルヴァーヌは言う。

「確かなの？」

「確かだと思うよ」

娘は、ドアがしっかり閉まっているか、確かめに立った。

「閉まっているわ」娘は言った。

私たちは黙って食べはじめた。セルヴァーヌは食器棚を見つめ、驚いた様子で、さっと視線を長椅子の方に向け、ついで、そこから天井の片隅に視線を移し、さらに古くなっているスピネット［鍵盤付き撥弦楽器］に視線を落とした。スピネットは、家の動きに反応して、ぶつぶつとつぶやいていたのである。そうしてホウレンソウのグラタンを、噛まずに、口いっぱいに頬張っていたので、髭を剃った彼の上下の唇が合わさっているところに青い汁が浮き出ていた。

セルヴァーヌ夫人は手を持ち上げた。

「ジュリ、ドアは閉まっていると、あんたは言ったわね？」

「そう、ママ」

「それじゃ、鎖はどうかしら？」

セルヴァーヌは目を覚まし、娘を見た。

「そうだ、しかし鎖はどうだろう？」

「大丈夫よ、パパ」

「それじゃ、上の階の差し錠はどうかしら？」

「差し錠は知らないわ、ママ！　上の階の差し錠なんて見なかったもの」

セルヴァーヌ夫人の重い手がテーブルの上に落ちた。

「ああ、私が思った通りだわ。娘よ、見てきてちょうだい。差し錠をかけていなかったら、家は開いているのも同然よ。差し錠をかけてきてよ」

しばらくのあいだ静かだった。セルヴァーヌの視線は相変わらず、まるでカササギのように、ぴょんぴょんと跳び跳ねていた。

突風が家に体当たりしてきたので、衝撃が壁を揺さぶった。上の方だ。

「差し錠よ」セルヴァーヌ夫人は叫んだ。

ジュリは頭を下げた。がらんとした家のなかを上にあがっていくのが彼女は怖いんだということが私には分かった。私はナプキンを置いた。

「もしよろしければ、あなたのあとについて行きますよ、お嬢さん」

彼女はランプを手に持った。彼女は手を丸めてランプのガラスの開口部を保護していた。私には前を歩くジュリの姿が逆光で見えていた。彼女の腰は美しくはちきっていた。夏の衣装の下では、太腿が若々しい波の音を立てて動いていた。

それは四階の大きながらんとした部屋の突き当たりにあった。私は鎧戸に横木を入れたが、身体を外に乗り出したとたんに、冷たい顎が私の首に噛みついた。振りほどくために、身体を振った。風の大きな塊が右や左の壁にぶつかりはじめ、私を放そうとしなかった。私はジュリのほうに跳躍した。

「はい、私はここですよ」と彼女は言った。

そして私は大きな指輪をはめている彼女の手に出会った。

私は自分の手の指で人間の肉体をさぐりあてる必要があった。私は両腕でジュリにしがみついた。金属がぶつかる音がした。整形外科のコルセットの鎧と蝶番が私の横腹に当たるのが分かった。

私たちは下りていった。

テーブルにかじりついているセルヴァーヌは、じっと暗闇を凝視していた。夫人の方は、ついに戻ってきた沈黙に、目を丸くして耳を傾けていた。私は食堂に一歩踏みこんだ。ポケットのなかを探り、チストゥが形を整えたツゲを手でしっかり持ち、両目を閉じて、私はそのツゲを前に投げた。ツゲの木材は食器のまんなかで、水差しとグラスに当たり、音を立てた。しかし、セルヴァーヌもセルヴァーヌ夫人もそのことについては何も話さなかった。坐りこみ、自分の椅子をテーブルに静かに近づけるジュリが身につけている金属がかすかな音をたてるのが聞こえただけだった。

以上が西の方角である［ジオノはこう書いているが、実際には、フォルカルキエ、マーヌ、サン＝テチエンヌ＝レ＝ゾルグはいずれも北の方角に位置している］。私たちの長旅はこれで終わりだ。まさしく西の方にある、石に変えられたコルヴェット艦［高速軽装の護送艦］とよく似ているあの二つの丘［モン・デ・ゼスペルの二つの山頂］を見ていただきたい。昔から吹きつけてきている風のせいで片側に傾いて坐りこんでいる二つの丘があそこに見えている。ところがその風はずっと前からもう吹かなくなってしまっているのだ。二つの丘は確かに目の前にある……。高く掲げていた帆を下ろしたために軽快になった二つの丘は航海している。揺れ動く運航がもたらす重量に耐えて、甲板とマストが呻いている。神々の怒りが丘の連なりが作りだす大洋の上で二つの丘の動きを止めてしまった。大洋もまた波の水底まで凝固してしまっている。

何と神秘的なユリシーズ［トロイア戦争の英雄］を丘たちは案内しているのだろうか……？

丘たちの船倉には不可思議な種子が一杯詰まっている。雌牛のように物静かで重々しい八月の午後、ワインの壜のような大きな腹を抱えている花が、モンスズメバチやスズメバチをむさぼり食っている。樹脂のある雑木林から花は姿をあらわす。花の唇は分厚く甘い。スズメバチがやってくる。腐敗の息づかいがスズメバチを陶然とさせる。植物の口がスズメバチを食べる。さようなら……。根にいたるまで植物のすべてが身震いする。

時として、石でできたこれらの軍艦の上で、古風な部隊の足音が響くことがある。金色の花柄のついたスカーフを頭にかぶった男たちの、大きな褐色の腕は破れたシャツからはみ出し、その脚は布製の巻き脚絆に締めつけられている。男たちに付き添うようにして、悲しそうな王妃のような風情の女たちが歩いている。彼女たちの目はいつも色彩をきらめかせて飛翔している美しい蝶のようであり、唇は叫び声と嘆き声を発する岩石の満ち潮によって血が流れるまでやすりをかけられ赤々と輝いている。彼らは、サント゠マリ゠ドゥ゠ラ゠メールに向かって流れて行くロマたちの大隊が、舷側から切り離し、偵察任務を負わせまるで火花のようにその地方に投げ捨てていく斥候兵たちである。彼らはいろんなことを発見していく。

彼らは草のなかで野営を張り、三個の石を組み合わせ、［焚火の上で］スープを作る。サチュロスの子供のような裸の子供たちが、性器を揺らしながらタイムの茂みのなかを走りまわると、燕の喜びに特有のとげとげしさや叫び声が湧きおこる。こういう風に、ほとんど山羊の子供のようだった時期のモコと、私は知り合いになった。私はというと、夢想家の靴職人の息子であった。私たちは煙がたちこめている、海賊と王妃たちの大きな野営地で、楢の葉の儀式を執り行って、友情を結んだ。

彼は私の上着の袖をまくりあげ私の腕を出し、楢の葉に唾をつけ、腕の皮膚にその葉を貼り付けた。自分にも同じことをしたあと、互いに向き合い、腕を前に出し、私たちはじっと見つめ合っていた。

二枚の葉が同時に落ちた。彼は言った。

「友だちだ」

これは生きていくのに必要な友情のあかしだということを私は理解した。

モコの父親が私たちを見つめていた。筋肉質の柔軟な身体つきの男で、口髭はまるで鞭(むち)の革紐のようだった。

年月の歯車が、花火が空中で燃え上がるように、勢いよくぐるぐるまわったあと、急に停止した。先年、松林の林縁で、スカーフを頭にかぶり、目の上に手をかざして下に広がる平野を眺めているかつての斥候兵のひとりに再会した。

それはモコだった！

モコは私に説明した。彼は地面の埃を手のひらで平らにならした。そして私たちはこの大地という頁の上にふたりそろってかがみこんだところ、彼は人差し指で夜の舟を描いた。その舟に乗り、彼の父親は死者たちの国に向かって立ち去っていったのである。

「そして、自由になった馬たちは、墓の上の盛り上がった地面を疾走していったんだよ」とモコは言った。

あの日、物陰に築かれていた野営地のことは、命が続く限り私は忘れることはないであろう。灯火はすべて消してしまい、丘の舳先に坐った私たちは、まっ暗闇のなかを航海していった。星たちが作る私たちの航跡は、空のなかで尻尾を揺り動かしていた。彼は私に血で満ちあふれた野生的な言葉で自分の友情について語った。彼の妻がやってきて、私の足元に坐った。彼女は私の手をつかみ、スカーフを開き、両方の乳房のあいだで私の手を挟んで締めつけた。モコの方は、野生的な言葉を駆使して自分の友情について話していた。彼は自分のナイフで自分の心臓を切り裂いているような趣があった。彼は傷を開き、指差して私にその傷を見せた。

「俺の心臓が見えるだろう。脾臓が、肝臓が、また草の緑色の汁でいっぱいの腹が、見えるだろう。空気が詰まっている二つの肺も見えるはずだ」

そして燃えるような固い乳房の芽が、まるで十字架を打ちつける釘のように、私の手のなかに入ってきた。

そして彼女は私を遠ざけ、立ち上がって、言った。

「この人は試練を受けたのよ」

夜の沈黙があたりを包みこんでいた。彼女はため息をつき、ふたたび言った。

「彼の手は氷のようになってしまっている。死んだ氷のようなのよ。今では私はこの死んだ冷たさを身体の脇に感じている。彼は指をまったく動かさなかったわ［友人と認めるための儀式の一種］。

これはまさに友というものよ」

それはそうだ。しかし、そこから帰る途中、夜の闇のなかで立ち止まった私は、手に残っている女のアニスの匂いをゆっくりと吸いこんだ。

波風の立たない平穏な大地の二つのうねり、それがマノスクだ。

あれあれ、あそこにいるのは母親だ！

オリーヴオイルと塩で、オイルとパンで、母さんは私にあの丘の養分を食べさせてくれた。

タイムの茂っているこの赤い大地が、私の身体を作った。タイムの枝が私の皮膚を破った。私はタイムの葉叢に覆われている。私は今ではまるで蜥蜴のようだ。大きな心臓が騒然とした状態なので、私は動揺のさなかにある。

ああ、それはあまりに美味しい食物である！

イラクサあるいは苦いカノコソウでガレットを作って、私はツゲのうす暗い森を噛みしめる必要があったのだ。

Ⅱ　泉の筒にあふれる水

マノスクは丘の斜面にあり、湾のような形をした平原の奥に位置している。その心臓はまるで掛け算(九九)の表のようだ。マノスクは夜のうちに目を覚まし、低い声で、所有しているトラックの数を数える。朝になるとすぐに、マノスクは備忘録の用意をしている。そこには、この日のために、しかもこの日だけのために、あらゆるハーブの値段が書かれているのだ。マノスクは指で価格をさし示し、平原と丘からむしり取り売ることができそうなものを見つめている。マノスクは大きな呻き声を出して富という大きな練り粉を捏ねる。マノスクは小麦、メロン、葡萄、トマトで満ちあふれている……。

そうではない。私が好むのは高原の町マノスクである。

市役所の井戸にはオーストリア出身の三人の竜騎兵がいる。三人の竜騎兵だ。また、三人の竜騎兵と軽騎兵がひとりと言う人もいる。しかしこの軽騎兵はものの数には入らない。井戸のなかにワインを投げ入れてやっても、そのワインを返してよこすほど、彼は酔っ払っていたのだから。

もちろん、これは現在のことではないのだが、この井戸は普通の井戸ではなくて、この井戸の底では、かなり強い流れが動いているということを　私と同じく、あなたも知っているでしょう。もしもあなたが小窓のところまでやってきて、息を凝らして耳を澄ましたら、さらにあなたが高原の町マノスクの住人なら、あなたには、井戸のなかの水で攪拌され踊っている冑（かぶと）とサーベルと鎧（よろい）の音が完璧に聞こえるだろう。

　この物語でもっとも厄介なのは、三頭の馬を乗りこなす主人がいなくなってしまっているということである。軽騎兵は自分の足で歩くので問題はない。軽騎兵の背のうと銃を投げこんでやったが、馬たちのことはどう扱ったらいいのだろうか？

　すでに、私たちは一八一五年の王政復古の支持者たちにはあまり好意的に評価されてはいなかったのである。

　そこでビュルルは言った。

「みんながいいと言うのなら、俺が馬たちを連れていってもいいよ。俺は馬たちを引き受け、丘に連れていき、あんたたちがパトロール隊の隊長を酔わせることができない限りずっと馬たちを連れ歩いてやるさ」

　彼は出発した。そしてもう戻ってくることはなかった。それ以来、一度も戻ってこなかったのである。

　しかし、二十年後あるいは三十年後に、クレーネンベルクあるいはこのような感じの名前には、三頭の馬とセージの苗木で作られた新たな教団があるということを人々は知ったのであった。樅が生えている山のなかで暮らしていた救い主は、山羊の乳でモルタルのようなチーズ(フロマージュ)を、つまりフロマージュ・ブランを自分の手を使って作っていたということを私たちは知った。そして彼はチーズの皮にセージの葉の星を描いたのであった。それは、何と言うことだ、ビュルルという商標である。

それで?

それで、私たちはオーストリアから届くあらゆる噂話に耳を傾けた。天地がひっくり返っている小天使に満ちあふれた噂話もマノスクにたどり着いた。それは、天使の羽根を具えており、枕が破れ羽毛が周辺に飛び散っているような真っ白の小天使だった。そこで私たちは三日にわたりセージの香りのする風を呼吸していた。

別の噂話は、豚の血が大鍋に移されるときのように柔らかな音がした。「だけど、哀れなビュルルだよ!」とみんなは言っていた。私たちは市役所の井戸に行っては、冑やサーベルや鎧が押し殺したように触れ合う音に耳を傾けるのであった。

それで?

それで、もうこれで終わりだよ。マノスクの住人たちは、今ではセージの力や馬たちの力を忘れてしまっている。だが、大きな危険を冒さないようでは、丘の町に住んでいるなんてことは言えない。時として、ハーブや樹木が下におりてきて、家を破裂させるようなことも丘の町にはふさわしいのである。

★

主要な通りのちょうどまん中に小さなカフェがある。一見しておくべきだよ。十八世紀風のバルコニーも、臍（へそ）にエンバクの束をつけたシレーヌ［上半身が女性、下半身が鳥あるいは魚という姿で、人を魅了する歌い手の怪物］の石像もない。そのカフェは、ごく単純に、通りと同じ高さでごく控え目に膝まずき、少し頭を垂れている。カフェは〈貯水槽にて〉という看板の下にある。言いたいことをうまく言っているよ。まさにオアシスである。

そのカフェは、まず、メキシコから帰ってきた男が経営していた。男は円錐形の帽子をかぶって通りにでてきたが、彼の口髭はとても黒かったので、オールド・ミスたちは彼が通り過ぎるのを見て「ペンキを塗ったんでしょう」と声をかけた。つまり彼女たちは彼のことが怖かったのだ。しかし、その恐怖が燃えている炭のような目をした美男に由来する場合、そして彼女たちが昔はそんなに醜いというわけでもなかったので、それはなるほど穏やかな恐怖であった。

私の記憶によれば、彼のカフェにはいつも二人の客があった。同じ二人と決まっていた。その二人の客は養老院に入っている善良で小さな老人たちであった。彼らは修道女にこう言った。「あの向こうでやっているペタンクを見にいくからね。」分かったよ。かたこと杖の音をさせて彼らは通りをあがっていった。口には純真な笑いを浮かべながらも、頭のなかには強烈な欲求が蛇のように踊っていた。小さな広場を横切った彼らは、向こうの通りを下っていった。そして彼らは〈貯水槽にて〉に到着するのだった。

素晴らしい怠け者のジョゼがカフェの四つの椅子の上に坐っていた。尻でひとつ、両脚でひとつ、広げた両腕で二つの椅子をそれぞれ占拠していた。彼は二人のために桑の実の香りのするワインが入った小さな瓶を取りだしてグラスにそのワインを注いだが、それがのろのろとした動きだったのでけっこう時間がかかった。そして、彼がその気になりさえすれば、蛇口の水を少しずつ出して、時間をかけて自分の口髭の流れをなめらかにすることもできたのであった。腕を丸く動かして彼はグラスを彼らの前に押しやった。そして大口をあけてあくびをするように「では、乾杯といきましょうか?」と言った。それと同時に彼の体重は四つの椅子の上に落ちた。「では、乾杯といきましょうか?」という言葉は泉の栓をひねるような働きをして、そこからメキシコのどろりとした物語が流れだし、午後のすべてを占拠してしまった。銀ののべ棒、石油、星型の頭、人間の内臓を使って作る糸の話などが話題にあがった。血や胡椒や革命などに貼りつけるのに打ってつけの湿布である。人生の辛いことをすべて忘れさせてくれるようなひと時だ。

六時きっかりに鐘が鳴ると、二人の男たちは、十二スーを大理石のテーブルの上に置き、「ではまた、ジョゼ」と言い、出ていった。彼らは養老院に戻ろうとしている。ワインが効いたのか、話が効いたのか、彼らは道中あちこちで何かにぶつかり、まるで鐘のように、ごんごんと音をたてるのであった。

会計係が計算をやり直す日まで、何事も順調に進んでいた。彼は計算し、さらに計算をしなおし、「何かを削る必要がある」と言う。そして朝のコーヒーをカットすることになった。こういうことがなかったら、誰がこの二人の老人の野草のような若さに気付いたであろうか？　ひとりはシェード・モリナで、関節に釘の束を抱えているような見事なリウマチの持ち主である。もうひとりは結膜炎のせいで目が血走っているヴァレリユス・マルテルである。しかし、彼らは小さな声で自分のことを〈親分〉と呼んでいる。濃密な樹木、女のように大きな乳房を具えた草、ミルクがあふれ出る果実、美しい太陽、鋸の歯のような山、埃、こうしたものの美しい若さが彼らの頭を大きく広げていた。

かくして共同寝室のドアにバリケードを築くというメキシコ風の革命が起こった。朝のコーヒーの自由を求めて、たてこもった二十一名の老人たちの叫び声や足踏みの音が聞こえてきた。

修道女たちの狼狽は十五分ばかり続いた。それは冬のことだった。やがて内側からバリケードを少し開いて、石炭を取りに階下に下りていくためにバケツを手にとる者がいた。礼拝堂に隠れていたポロニ修道女が二階の踊り場で待ち伏せていた。またテレーズ、クレマンチーヌ、マリ＝マドレーヌという三人の修道女たちは一階で待ち伏せていた。

バケツを持った老人が階段の一番下の段まで下りたとき、三人の修道女たちが飛び出てきて、「ああ！　ひとり出てきた」と言った。彼は急いで引き返そうとしたが、ポロニ修道女が鍵束を振って行く手を阻んだ。そうすると彼は降伏した。

それはヴァレリユスであった。

シェードを受け持ったのは修道女マチルドだった。若い彼女はまるで処女マリアのようだった。青と白の混じったごわごわした衣服の布のすべては、彼女が歩くと、白いハトが飛翔するような音をたてた。彼女は庭に生えているクマツヅラの茂みの陰から優しくシェードに呼びかけた。彼は姿を見せた。草原に生えている長い葦の棒の先に取りつけた砂糖のかたまりを彼女は彼に差し出した。

〈貯水槽にて〉の客のなかには、トスカナ出身の靴職人もいた。彼は両腕を振りまわしてぼそぼそと話した。彼は〈鐘の下〉つまり鐘楼を取り囲んでいる路地の一画にある家に住んでいた。その家はまるで深刻な病のように、彼の肉体を消耗させていた。革のエプロンをつけて、切り出しナイフを手に持ったまま、急に彼は〈貯水槽にて〉に現れた。ドアを乱暴に開け壁にぶつけ、椅子を虐待した。店の奥の陰になっているところで坐り、ワインを要求した。鋭く尖った切り出しナイフは、大理石のテーブルの上に置かれていた。

「ああ！　畜生、たったひとりでこんな惨めったらしい暮らしを俺は続けているんだ」と彼は叫んだ。そしてワインを飲み、代金を払い、出ていった。

ある夕べ、塩のように白い哀れな少女がそっとドアを押し開き、なかに入った。平野で荒れ狂ったあと、午後のあいだずっと町の上で鍋を叩くように雷鳴をとどろかせていた猛烈な雷雨によって、彼女は全身ずぶぬれになっていた。彼女には唇や視線というものがもうなくなってしまっていた。全身が白くて柔らかく、髪の毛はまるで水草のように頬にへばりついていた。彼女は二日間カフェで飲み、めそめそ泣き、ぶつぶつ言っていた。彼女が刑務所から出てきているということは知られていた。一年前にデュランス河で小さな子供を溺れさせてしまったからだ。二日経ったところで、トスカナの男がやってきた。彼女は空っぽの腹にあの濃厚で黒いワインを詰めこんだので酔っていた。彼もワインを飲んだ。そして彼女に近づき、彼女を腕で包みこみ、連れていった。その後五年のあいだに、彼女は彼の大きな子を七人産んだ。二度、双子を産んだのである。七人の大きな子供たちは蟇蛙のようにずんぐりしており、彼女のように白かった。相変わらず塩のように白い彼女だったが、目があるはずの二か所に灰色の色彩が塗られていた。彼女の姿は、天気の良い日に、路地を覆う泥の縁に出てきているのを、ちらっと見かけるだけだった。彼女は山羊の小屋の匂いを吸いこむと、ふたたび家のなかに入っていくのだった。亭主は、上の階で革を叩いていた。

夜になると、トスカナの男は外出した。〈鐘の下〉から出かけ、ヴォルテール通り、そしてオーベット通りを下りていった。夜には真っ暗になる界隈である。彼は泉の近くで待つ。その泉には、移動牧畜の羊たちが水を飲みにやってくるのである。彼は待っていた。そして聞き耳をたてる。羊の群れの鈴の音が大気のなかを流れてこないと、彼は意を決して、一歩また一歩とそこから遠ざかり、下りていったところにあるドアを叩く。ドアを叩くとすぐに、ドアの向こうで物音が聞こえはじめる。ドアが開き、彼はなかに入る。

彼がジェピ・モレルから土方用の鶴嘴を借りたのはこの頃からである。彼が〈貯水槽にて〉にやってきて、並べた金で代金を支払いながら、飲むようになったのもこの頃からである。ボタンのついたビロードでできた狩猟用の美しいチョッキを買ったのもこの頃である。こういうことがあったのだ。さらに彼はもうひとりの子供を作り、運命を前向きに進めることになった。

時には、彼がいつもの隅っこに坐りこみ、ポケットからハーブを取り出し、それをテーブルの上に並べ、いろいろと選別するようなことがあった。いくつかのハーブは捨て、別のハーブは束にして確保していた。ジョゼは相変わらず四脚の椅子の上に坐っていたが、やがて三脚の椅子ついで二脚の椅子へと移動し、みんなと同じように一脚の椅子の上に坐ったかと思うと、ついにトスカナの男の前で立ち上がり、腕をおもむろに持ち上げ、人差し指を向けて言った。

「これは何なの?」

それはトスカナの男の口髭のちょうど上で、髭と鼻と頬のあいだにある塩のように白くて丸い斑点だった。

「これ?」とトスカナの男は訊ねた。そして彼が患部に触れるとその黒い爪にかさぶたがくっついた。

彼は指の端にくっついている糠のような物体を眺め、その大きく見開いた目をジョゼに向けた。

ジョゼは、頭を両肩のあいだに入れ、震えていたが、自分の拳をがりがりと齧っていた。

移動牧畜の羊の群れが、夜、泉のそばで立ち止まった。あたりに鈴の音や、めえめえという羊の鳴き声や、雌馬のいななきなどが聞こえていた。やがてすべてのロバが歌を歌いはじめた。その歌は、山の大気に触れているロバが歌っているので、いよいよ透明な響きになった。その界隈の住人たちは、目を覚まし、オーベット通りをあがっていく羊飼いの重々しくゆったりした足音を聞いた。そしてその足音は、鐘の下の泥のなかへと消えていった。

夜が明けるとすぐに、ジョゼは正面のドアを開けて、歩道を掃除しに出た。通りに現れた羊飼いが言った。

「靴職人はいないのかい?」

「いるよ」とジョゼは言った。

「夜に彼の家の戸口にいき、ノックしたのだが、なかから何の物音も聞こえてこなかったんだよ」羊飼いは言った。

「そう!」ジョゼは言った。

「そうなんだ」羊飼いは言った。「俺は出かけねばならないので、あんたはこの包みを彼に渡してくれないかな」

そして彼はジョゼに新聞紙で包んだ包みを置いていった。家のなかに入ったジョゼは、ためらってから、火箸(ひばし)を探しにいき、包みを少し解いた。なかにはハーブが入っていた。彼は包みをたたみ、床の片隅にそれを置いた。それから葡萄の搾りかすで包みを置いていたテーブルを洗った。さらに火箸を洗ってから、両手をこすり合わせ、頬もこすった。アルコールの匂いを嗅ぎ、無理をしてグラスのアルコールを少し飲んでから、彼は不安になった。

トスカナの男は夕食のあとにやってきた。

「包みはあそこだよ」顎で品物を示しながらジョゼは言った。

「もらっていこう」トスカナの男は言った。

「持っていってくれ」ジョゼは動かずに言った。

トスカナの男はポケットから手を出した。その手は通常より十倍も大きく、重く、すっかり腫れあがり、塩のように白かった。顔の斑点は目の上まで上昇していた。そしてトスカナの男の口は豚の鼻づらのように膨れていた。ジョゼが蒸留酒の壜を口に当てるまで、彼はドアから離れなかった。

羊の群れが水を飲みにくる泉のそばで、干からびた肉の塊が見つかった。人間の太腿ほどの厚さの肉塊で、そのなかには骨についている溝のような筋があった。木の皮のように乾いていた。それは堆肥の上に捨てられていた。しかし午後になると、畑を横切り腰を振って走ってきたため胸がはだけてしまっており、汗だくになっていたコルビエールの男の言うところでは、羊飼いの上着を着こんだ男が、大きな羊小屋のそばで死んでいるのが見つかったということであった。木のようにすっかり干からびており、塩のように白い苔のようなものにむしばまれていた。太腿の部分がなくなっていた。それに、彼を抱きかかえようとしたところ「手のなかに肉片がくっついてしまう」ので、肉があちこちに落ちてしまったにちがいないというのであった。

トスカナの男の女房が昼の盛りに通りに出てきた。まるでフクロウのようにしきりにまばたきしていた。子供をみんな引き連れていた。一番小さな子は抱きかかえ、別の子は手を引き、他の子たちは彼女のスカートの端をつかみ、彼女の腹は前掛けをぐっと前方に突き出していた。こうして彼女は通りを下り、大きな門を通り過ぎていった。まるで野生の動物のように、彼女は自分の影のなかにすべての子供を入れて立ち去った。

夕方になると、トスカナの男も通りに出てきた。彼の顔は、今では、まるで牛の鼻づらのようで、右肩の上にすっかり崩れ落ちていた。彼の右手は指が二本欠けているのだが、他の指がとても部厚いので、隙間は見えなかった。彼は〈貯水槽にて〉にやってきた。ジョゼはドアを押した。トスカナの男は開けようとした。中からジョゼが「駄目だ！」と言い、ドアが開かないように足で押しつけていた。

トスカナの男は腫れあがった大きな手と木の幹のような太い腕をゆっくり上げた。ガラスのまん中を叩こうとするように、彼は苦しげに手を持ち上げたが、歩道に倒れこみ、小川のなかに転がりこんだ。人々はそこから彼を抱えあげた。

何が何だかまったく分からなかった。

医者たちに訊ねると、彼らはこう言った。

「分からん」

「私たちには分からない」

「いや、分からんよ」

しかし彼らは自分の女房や子供たちを「病気の感染から守るために？」列車に乗りこませた。彼らは匂いの強いリキュールが入っている平らな壜をポケットのなかに忍ばせていた。そして、一日のいかなる時刻にも、彼らはそのリキュールを浴びていたし、壜の口の匂いを嗅いでいた。トスカナの男は病院で死亡した。埋葬まで一日しか待てなかった。死体安置場所から死臭が漏れ出て、庭に悪臭を撒き散らしてしまった。

逃亡してしまった女房を猪狩りの要領で狩りたてることになった。「彼女は病気の胚を持っている」とみなは言った。罠を仕掛け、待ち伏せをし、一列になって山狩りを行い、男たちは武装していた。しかし、男たちは次のように注意されていた。

「発砲しないように、ただし……」

村人たちはあばら家に隠れていた女房を取り押さえた。ほとんど息絶えている彼女のまわりで子供たちは山積みになっていた。彼女は相変わらず塩のように白く、病気は身体にはあまり出ていなかったが、そして彼女にはまだ命があったにもかかわらず、鼻がまるで粉のように崩れ落ちてしまっていた。彼女のまわりを取りかこんでいた男たちは、銃を持ち上げていた。誰もあえて近寄ろうとはしなかった。彼女が子供のひとりの頭に触るために腕をあげると、彼らはみんな後ろに素早く飛びのいた。

飾りたてた馬を駆りだして、年老いた海軍大尉の一等級の埋葬が行われたのは、ずっとあとのことである。葬式はほとんど誰にも気付かれずに執り行われた。ずっと前から彼はもう外出もしなくなっていた。晩年には、水兵用の大きな上着を着こんで、頭にはフードをかぶって出かけていた。

羊の群れが立ち寄る泉のすぐそばに彼は住んでいた。人生の終わりの頃には、彼はもう動けなかったらしい。彼は肘掛椅子にじっと坐り、誰かが玄関を叩いたらドアを開くことができるような針金の装置を作りたいものだと想像していたのだった。彼はアメリカの島々からある種の乾燥した病気を持って帰ってきていた。その病気は彼の肉体を酸性の塩に変質させてしまっていた。彼は自分の身体をハーブで治療していた。自分では動けなかったので、彼のために丘や山に出かけて、時には羊飼いから譲り受けたりして、そうしたハーブを探してきてくれる者に支払いをしていた。乾燥したハーブで家じゅう一杯だった。廊下の両側の壁にずらっとハーブが並べてあったし、彼の部屋にも窓の高さまでハーブが詰まっていた。枯れていない取りたてのハーブもあった。堆積の下の方は腐り、種子はそれを腐食土にした結果、緑色の丈夫な美しい茎が、放射状にあるいは噴出するように、花や葉をつけて突き出ていた。

★

移動牧畜の羊の群れが立ち寄るこの泉は、町を取り囲む壁の外、町の端っこにあった。泉は薄暗い巣窟から隆起しており、三本の筒を具えたその部厚い鼻面は薄暗い物陰によって保護されていた。

噴水はガラスよりも透明な水を無骨なやり方で吐き出していた。水はとても新鮮なので、苔や、波に乗りたがる長い肢を持った小さな昆虫を殺してしまった。この昆虫はこのあたりでは機織り虫と呼ばれている。水盤の石は、だから、むきだしである。噛みついてくる冷たい水に、石は自分の生命力だけで抵抗している。しかし、泉の三本の筒は、そういう状況ではあるが、蛾たちがランプの火に焼かれるように、水に惹かれ水に焼き尽くされている乾燥した苔に取り囲まれている。

物陰にひそむ泉のこの下半身は、洗濯場となっていた。籠を抱えて泉にやってくる女たちは、麦藁の上にひざまずき、衣類のかたまりをこねはじめる。しかし、彼女たちはすぐに寒くなり、太陽の当たるところに出て、腕はむきだしにしたままボール遊びに興じる。厩舎の壁を利用して彼女たちはジュ・ドゥ・ポーム[テニスの原型とされる球技]を行った。この遊びは終わるということがない。水を滴らせてひとりの女がやってきて、かじかんだ手でボールを投げる。そして温まった彼女はそこから離れ、洗濯場に戻りシーツを押しつぶす。さらに別の女がゲームを離れ、火にかかっている夕食のでき具合を見にいくために急いで立ち去る。このゲームは少女たちの大きな喜びになっているので、子供たちは真剣な表情でそのゲームを見守っている。だから、柔らかな水の出る他の洗濯場よりも、この洗濯場に女たちは喜んでやってくるのである。

さらに、こういうことがオーベット界隈で生じている。夜明けの光(オーブ)が町に入ってくるのはこのオーベット門からなのである。この界隈全体にこの朝日の訪れの匂いが漂っている。年老いた女たちも、そこでは、年を感じさせない。リラが花咲く季節になると、長老の女たちも、若い女たちがかたくふくらんだ乳房に花を咲かせるのと同じく、哀れな乳房に花を咲かせる。娘たちは、下心なしに、魅力あふれる肉体を見せ、男たちの欲求に応えるために物惜しみすることのない寛大さを示し、生涯のあいだずっと、小さな子供たちが持っている大胆で無邪気な美しい視線を保っている。彼女たちは木製サンダルやフェルト製のスリッパをはいて通りに出る。裸足である。聖書から抜け出てきたばかりの足で、指と指はしっかりと離れており、両足の均衡はしっかり保たれている。踵は帆船の船尾さながらである。おや、あれからまだ一か月もたっていないのに、ブラッスリ小路の固くなった泥のなかに女の足跡があった。非常に鮮明な二つだけの足跡である。その向こうには足跡は残っていない。そこから、その女はおそらく空中に舞い上がったのであろう。誰も通らない小路にあって、それはまるで二つの花のようだ。踵のところは二十スー硬貨のようにほぼ丸い。土踏まずのところには穴があいており、すべての指の形が描かれたあと、爪がアクセントをつけている。健康で柔軟で獰猛な動物の美しい足跡のようだ。私はその上にかがんでみた。夜になればもう一度戻ってきて、ナイフを使って周囲の土をごっそり切り取り、その土の塊を持ち帰りたいものだと私は思った。

　木製サンダルをはいて行けば……、この娘は戸口までやってきて、両脚を高いところで交差させ、刷毛で踵に白粉（おしろい）をつける。そう、白粉だよ。美しい少女が通りすぎたあとでびっくりさせられるときに、見えるのは白粉だけなのだから。

　部厚いサンダルは、向かい風で進む船が帆をあげて走るときの姿勢を作りだす。自然と乳房は膨らむ。歩くのにもっともいいのは、両手を腰に当てる姿勢である。そうすると、帆のマストのように、両手のあいだで全身が動いているのが感じられる。

フェルトのスリッパは平たくて、足が歩きたいという欲求を持つのに充分な柔軟性を具えている。遠くまで歩くのにも便利だし、ひと抱えの干し草や、洗濯物の入った籠や、生まれてくる赤ちゃんなど、女の持物のすべてを運ぶのに打ってつけである。

そう、このオーベット界隈は、曙光の最初の矢を受け取るところなのだということが存分に感じられる。光の矢はいつも同じ場所を叩くので、壁には少しずつ穴ができていった。あのアッス川の渓谷が曙光の光線に切り裂かれているとチストゥ・ドゥ・ヴァルガスが指摘して以来、私はこのことに気がついている。だから、それは光の矢なのである。このことをよく考えてみると、それは矢であるというよりも、むしろ草だということが分かる。それがまっすぐ正確に飛ぶので、矢と言っているだけのことである。しかし、エンバクの長い茎を前に投げてみれば、種子という羽根をつけたこの草は、矢と同じくらいにまっすぐそして正確に飛ぶということが分かるはずである。そういうことなのだ。曙光が投げるもの、それは長くて固い草なのだ。つまり、この最初の太陽光線は草の緑色と草の芳香を持っているのである。

つまり、緑の草は跳ね返り、その種子は窓に飛びこみ、窓ガラスに当たりはじける。空の全体に綿毛が飛び散ると、急にあたりいちめんが黄金色になる。オーベット界隈に住んでいるすべての男や女の目に、それは緑色に見え黄金色に見える。このように一日が開始する。そしてあなたはいつまでも若いわけではない。あなたは恋も理解するし、五十歳になってボール遊びに興じたりもする。このオーベット界隈にある家のたくさんの部屋を私は見てきた。部屋はみんな似たようなものである。窓辺にバジルの植木鉢を置き、窓の外側には赤ちゃんのおむつやタオルを広げるための紐が張ってある。整理戸棚の大理石の上にガラス製の覆いに入った置時計、椅子に広げられた三着か四着の絹のブラウス、三着か四着か五着か分からないが、いずれもけばけばしい色彩である。この並べ方が今のところ好都合なので、数着のブラウスを並べているのである。しかし、しばらくすると、その日の色彩の具合によって、あるいは思考の色彩の具合によって、並べ方を変えなければならない。

しかし、急に、私の考えのなかでそうした部屋がすべて同時に見えてきたある日、すべてのベッドが恰好の方向に横たわっているということが私には分かった。古い祖先たちの貴重な叡智は失われてはいなかった。動物としての素晴らしい本能が、ベッドを据え付けるという段階になり、今日の住人たちのなかで蘇ってきているのである。彼らはベッドの頭の部分を北向きにした。この日から、この界隈は、私にとって、マノスクで一番美しいところとなった。そこに住んでいる人々が私と同じ血を持ち、同じ種族に属していると私は理解したからである。それは大気の向こうにある大切なものの力強さを知っている種族の人間なのである。

頭が北、頭が北向き、頭が間違いなく北に向いている！　草という積み荷を担い、水という積み荷（その大海は世界の夜のなかで泣き大粒の涙を流している）を担い、星たちのなかで回転している地球。その地球の享楽的な力の磁力を帯びているこれらの男や女たち、彼らは頭を北に向けて生まれ、眠り、愛し、そして死ぬ。こうして、彼らは、噴出する太陽に、彼らの身体の美しい側面を、心臓があり果物の味がする左側を向ける。その結果、朝になるといつも、曙光は、羽根のような種子をつけたエンバクの美しい茎をこの心臓に突き立てるために、跳躍して昇ってくるのである。

★

確かに、金利生活者や、裕福な養豚者、大きな熊手で小金をかき集める食料品商、彼らにとってこの界隈の評価は高くはない。そこでは自由すぎるし、昔からの身振り［過去の行動］が知られすぎているし、住人たちはあまりにも森の人間である。しかしながら……。レ・シャカンディエ、ロプセルヴァンチーヌ、ラ・プレザンタシオン、ラ・テラス、ラ・トレイユ、ル・ブレ＝ムノ等々、通りには修道院の鐘の音が聞こえてくるような名前がついている、こうしたうっとりさせるような小さな通りは、まるで樹木の枝が伸びていくように、オーベットから離れていく。そうした通りは、野生の草花が咲き乱れ物陰が満ちあふれている大きな中庭に触れ合う。泡立つリラの花が壁からはみ出してくる。五月の終わりになると、ブラッスリ通りの曲がり角で、手を伸ばせば酸っぱいサクランボを三個ばかり摘むことができる。

主婦が家の戸口に坐っており、子供たちは彼女の前で埃にまみれて転げまわっている。彼女は、子供が遊ぶのを見守る雌に特有の、半分目を閉じた顔つきである。少しでも音がすると、彼女はすぐに目を覚ます。アルベリックが炭鉱から帰ってきたのか、イザボーがかたかた音のする素晴らしい靴を乾いた通りで試しに履いているか、それともデルフィーヌがぶらぶらさせた乳房を息子にかじりつかせているかである。

ゴード通りは、小さな扉の陰で、すっかり青くなっている。

その道端の斜面は野生のカボチャで覆われている。葉の下にあるカボチャは、白く、黄色く、光り輝き、そして丸い。時には熟しすぎて重くなったカボチャがひとつ、茎から離れ、転がり、まるで理性を具えた人間のように通りまで走っていく。道行く人はカボチャの前で立ち止まり、言う。

「このカボチャはいったいどこに向かっているんだろう？」

ラ・クグルデルのカボチャに語りかけるオーベットの美しい種族は、リラの花が咲いているオーベットの美しい種族であり、花を食べる人たちであり、草を愛撫する人たちであり、樹木を愛する人たちであり、柳の膝もとに恋を嘆きにいく見捨てられた娘であり、生まれた子供やこれから生まれてくる子供たちで重くなって通りを歩く母親たちである。コルクガシよりもっと乾燥したこの通りを見捨てて、あなたが乳房のような形の丘の方に大挙して進んでいく日が、近づいてくる物音が私には聞こえている。

打開策を見つけたのは通称をジメラスチックという、ペトリュス・アマンチエである。彼は詩人通りの詩人である。

「丘のまんなかにある水源地の水脈まで行こう」彼は私に言った。「あそこは、空の高みから大地の底にいたるまで、俺がよく知っているところだ。君と俺と、細心の注意をして選ぶ何人かの仲間たちと、俺たちは沢山の草花を摘み取ろう。タイムやツリガネソウやヘビイチゴなどの草花をたくさん摘み取り、それをここに運び、広場に行くことにしよう。そしてたくさんの花を集めよう。ごく簡単なことだ。

さて、こう言うのは俺だ。そこから匂いを満載した強い風が出てくるだろう。すぐさま、木を伐採する男や、排水渠を考える男や、泉を掘る男たちは吹き飛ばされてしまうだろう。家々のたっぷり半分は運び去られてしまうだろう。あとに残るのは選ばれた者、つまり俺たちだけである。牧歌的な雰囲気の大きな火が赤々と燃えさかる時代が戻ってくるだろう。夜の闇の下で直接大規模な焚火が行われるだろう。夕闇が俺たちの火の上で丸屋根になるだろう。俺たちが口にする言葉のなかに健康がはちきれているということが君には分かるだろう」

★

太陽が沈んでいく方角では、町はまるで焼き過ぎたパンのようだ。パンの皮はあるが、中身はなくなっている。そのようなパンは、胃に軽やかだろうか？　ああ、もちろんだよ！　消化はじつに簡単だ。気取っている小さなカフェ、コールタールを塗った大通り、町の役人になってしまっている樹木たち。きちんと整えられた髪の毛、順序よく並んでいる木の枝たち。横柄な道路工夫が、手に小鉈鎌をしっかりと握り、こうした皆さんの前を、喜びを表すために散歩する。こうした光景は、消化はじつによいのだが、栄養となるとからきし駄目だ。濃厚な唾液を刺激するのは中身である。中身を噛みしめながら、私たちは麦畑に思いを馳せる。

酵母は死んでしまっている。

このあたりの人たちはどんな暮らしをしているのだろうか？　こういうことだよ。

私は若いお母さんに出会った。彼女は私たちの友人である。純真無垢で初々しく美しい子供を腕に抱えていた。その子の目はとてもすがすがしいので、ひと目見るだけで心が洗われた気持になる。子供にはきわめて珍しい青くて美しい髪の毛なので、その湿った粘土でできているような小さな頭は、フルートを吹く天使に具わっているあの趣き深い厳粛さを見せている。

私は彼女を祝福した。そして子供の頭に手を載せた。大地から子供を伝わって暗い力が立ちのぼってきたので、子供の髪の毛に触れている私の手は震えた。

「それに、この子はびっくりするほど頭がいいんですよ。そのうちにお分かりになりますわ……」と彼女は言った。

一台の車がやってきた。

「あれは何なの？」

「フォードだよ」子供は答えた。

樹木に賭けて、この子が私にこう言ったことを私は誓います。

「フォードだよ」

彼の声は、掘削したばかりの泉からほとばしり出る最初の水の噴射のように透明だった。

楡（にれ）の木が生えている並木道があった。その楡はずっと昔からそこにあった。そこには瘤や傷を持った人間の身体のような幹や、水の底にあるコケのような髪の毛を思わせる葉叢や、満潮の海のような動きが見られた。葉叢の波は向こうのスベランのあたりではじまり、木から木へと流れていき、鳥たちの泡をかき混ぜていた。楡の並木の下のひんやりした洞窟を思わせるような場所では、散歩者が足どりを中断するのだった。幸福感と歌で次第に重くなってくる重量を身体で受け止めていた散歩者はその圧迫感を前方に押しやっていたが、そのうちに彼自身も動かなくなってしまった。散歩者は耳を澄ましていた。彼は高度な生命感と緑色の健康を胸いっぱいに吸いこんだ。強い風が吹く季節には、チターの音が鳴り響いているように明るく花咲いている樹木のなかに、アポロンがみずから心のなかにある強烈な思いのすべてを歌で表現しようとしてやってくる。アポロンの姿が見えていた……。私は確かにアポロンの姿を見た。純粋な水のなかにシロップの痕跡のようなものを私は空に認めた。アポロンの足は向こうのシストロンの方にあり、彼の頭は丘のクッションの上で休み、髪の毛は星々の奥底まで逆巻いていた。

その楡の並木は根こそぎ伐採されてしまった。大きな幹が倒れるたびに、町の地下の全体が震え、戦慄していた。

その夕べ、何も知らずに、私は丘から家に帰っているところだった。ペトリュス・アマンチエに出会った。「こんにちは」の挨拶をかろうじてしてから、彼は低い声で私にこう言った。

「人生にもう飽き飽きしたよ」

私は物思いにふけった。そしてこう考えた。

「どうしたのだろう、飽き飽きしただって？　ペトリュスが？　考えられない！　それではあの夢の膨大な蓄えはどうなるのだろう？　あれはどこに消えてしまったのだ？　ペトリュスは夢をいっぱい蓄えている倉庫のような男だったというのに」

そして、通りを曲がると、私の好きだった樹木がすべて地面に横たわっている光景を私は目撃した。

ああ！　たったひとつのことが私たちの心を空っぽにしてしまう。これはアーモンドを食べる毛虫より残酷だ。毛虫が果実を齧るには、時間がかかる。アーモンドには現実に慣れるための時間的な余裕がある。しかし、ここでは急に、肉と骨だけになった樹木を前にして自分が大地に立っているのが感じられるのだ！　大地の重大な出来事にひとり向き合っている人たちのために、肉の心しか持たないということ、このことの残酷さのすべてをあなたには充分に吟味してほしい。ああ、気の毒な友人たちよ、ペトリュスと、オーベットに暮らしている君たちのすべて――君たちがそこに住んでいようと、そこから離れたところに住んでいようと――、君たちの夢の源泉は一挙に涸らされてしまったのだ。私たちがこれからもっと別の夢を紡ぎだしていくだろうということを私は心得ている。私たちの心の底では、私たちは今でもあの楡の美しい並木道の葉叢の陰にいることも私は知っている。だが、この日、一挙にアーモンドの果実は食べられてしまったのである。新しい果実を実らせるためには、たくさんの血とたくさんの苦痛がまだまだ必要とされることであろう。

私は勇ましい人物と知り合いになった。彼は痩せぎすで厳格な男だったが、勇ましかった。自分の心があまりにも感じやすい青い泡のようなので、心を包んでいる皮膚をついに固くしてしまうような人物のひとりである。チョッキのポケットにドングリを、上着のポケットには小さな鶴嘴(つるはし)を入れて、彼は丘に登っていった。彼は自分の喜びのために楢を植えに出かけたのだ。私が知るところでは、丘に新しくできた三つの水源地と百以上の日陰があるのは彼のおかげである。

樹木を伐採してしまったあとでは、太陽が没する方向で目立ったものを探すのは簡単である。郵便局、カフェが三つ、そして工場だけである。自動車の商標の他には、子供たちに教えることは何もなくなってしまった。

★

町を横切って南北に蛇行する大きな通りが、町を二つの界隈に分けている。オーベットの方では、オレンジ、バナナ、数珠つなぎになった大蒜の大きな玉、タマネギの籠の宝石の数々、こうした品を陳列台に広げるスペイン人の商人たちが苔のように通りに群がっている。まるで花が咲いているようだ。この界隈には〈貯水槽にて〉があり、さらに口を埃のなかに埋めてひざまずいているサン・ソヴール教会がある。こちらには、〈鐘の下〉の小路や、かつてゲットーのドアとして利用されていた、屋根のついた細長いル・コントロール通りなどがある。西側には、陳列窓を有する商店や、市場や、威厳のある通りがある。しかし、あの珍妙なトルト通りは例外的である。身を捩ったあともう一度身を捩るこの通りは、レ・リス大通り［現在はエレミール・ブルジュ大通り］で区切られ、野原の豊かな風を受けサン＝ノン通りを終わらせるところまで延びている。

ラ・グラン＝リュは、池のなかの水源地のように、広場の木々の緑のなかに入っていく。そこは陰になっており葉叢が茂る美しい長方形である。広場は丈の高いプラタナスに愛撫されている。広場は六日のうち五日のあいだ眠っている。六日目になると、魚売りの女がやってきて、陳列台の脚を広げ、その上に板を置き、濡れた海藻をマットレス代わりに並べ、カサゴ、丸太のようなマグロ、房のかたまりのようなムール貝、砂利のようなハマグリ、イワシ、タラ、アンコウ、萎れた花のようなタコなどをたっぷり陳列する。彼女の仕事着の裾はバスクのスカートのように腰まで引き上げられている。手を腰に当て、彼女は空気をいっぱい吸いこみ、並べている魚たちの名前を唱え、歌い続ける。

そこから、薄暗いところを三回跳躍して、ラ・グラン＝リュはリュ・デ・マルシャン［商人通り］と名前を変え、スベラン界隈を横切り、上に時計を掲げている変則的な門［スベラン門］を抜けると、コルヴェット艦のような丘の正面に出る。

町は顔を持っている。平原という顔を。

マルセイユと法王［アヴィニョン］を連結し、ブリアンソンを通り、モン＝ジュネーヴ峠を越え、クニ［ピエモンテ地方の町］を経由し、そしてポプラの木々でおめかしされたピエモンテ地方にいたる街道。その沿道にあるそれぞれの町は独自の顔を持っている。

大きな鏡を備えたカフェや、レストランや、人々が遊びたわむれる飲み屋や、サッカーの試合を告げ知らせる吹き流しなど、こうしたものを備えた町の固有のやり方で白粉をつけている町の顔。町の入口には、中世に建造された美しい門があった。今でもその門［ソヌリ門］はある、とあなたは言うだろう。そうではない。中世の門に似ている何かは確かにある。しかしそれはもう中世の門とは言えない。私が言っている門は、灰色の瓦でできた軒蛇腹を飾りにしているのだが、その蛇腹は石落としの目の上まで突き出ている。一方、現在の門は、新しい石でできた銃眼模様を目立たせている。その銃眼は異様で、横柄で、偽物である。

修道院のオウムを食べてしまった例の陶工の話を皆さんにぜひとも披露したいと思っている。というのも、マノスクは修道院の町だったからである。向こうのオーベット界隈にはフランシスコ会の修道士たちが集まる場所があり、下のほうのこちらの美しい大気にあふれている界隈には、アカシヤや月桂樹や無花果の木の下で、岩壁の斜面にひっかかるようにして建っているプレザンチーヌ派の修道士たちの集まる建物がある。

著名な無花果の木。

★

私の父はこの地方全体の人々の靴底の張り替えをしていた。

当時、私は三歳だった。月曜の朝に母親は私にこう言ったものだ。

「ジャン、おいで。修道女さんたちのところへ靴を持っていこうよ」

母は私の手をとり、私たちは出かけていった。

人々の動作や錠前などすべてに入念に油が差されていたので、きわめて神秘的に私たちの前のドアが次々と開いていった。

廊下は薄暗く、私たちのうしろでドアはばたんと閉まった。スリッパの音が向こうの奥の方から聞こえてきた。別のドアが閉まった。二、三人の人がささやいている声が聞こえた。格子模様の美しい床が、薄暗いにもかかわらず、輝いていた。それから何も聞こえなくなった。その沈黙のなかで、母はそっと叫んだ。

「修道女さま、靴です」

小さなのぞき穴が私たちのかたわらで音をたてた。

壁のなかに回転式の受け付け口があった。母がそこに靴を載せると、それは回転した。そして靴がなくなった状態で回転盤は元に戻ってきた。

そうすると、格子戸の向こうで修道女が訊ねた。

「坊やを連れてきていますか、ジャン奥さん？」

「はい、修道女さま。ジャン、見えるように顔を上げなさい」

しかしジャンはあまりに小さかった。

「よく見えないわ」修道女は言った。「坊やを回転盤に載せて、こちらへまわしてくださらないかしら。すぐ返しますから」

事はそう簡単には進まなかった。私は叫んだ。ささやきしか聞こえなかったこの廊下で、叫び声が繰り返されたので、世界が崩れてきそうだった。

ついに私はおとなしくなった。私は回転盤に入れられた。もう大地が私を支えているのではなかった。翼を羽ばたき、ひとっ飛びすると、私は壁の向こう側に行ってしまった。急に母や太陽のことは忘れてしまっていた。赤鼻で、口元にうぶ毛を生やし、にこにこした受けつけの女性の腕のなかに落ちた私は、不可思議な気持を味わい茫然自失の状態だった。

私は両側の頬にあわただしいキスの洗礼を受け、無花果の実をもらった。その果実をまるで花のように捧げ持った私は、息を凝らすようにして待っていた母の世界へと舞い戻ってきた。

大きな修道院は昔と同じく今でも健在であるが、神秘性がなくなってしまった。すっかり解放された廊下にはスズメバチが無数にあわただしく飛び交っているし、アカシヤの木々の下や、無花果の木々のあいだで、子供たちが遊ぶようになったのである。

賛美歌を湛えている池を内側に持つ高い壁に沿って、通りは急な丸い傾斜を滝のように流れ落ちていく。薔薇の花や蔓草の大きな花が、その壁を乗り越えてきている。道端にある家々は何とかテラスや庭によってつなぎ止められている。プレザンチーヌ派の修道士たちが飼っていたオウムを食べてしまった陶工の家はそこにある。荷馬車口を通じて、陰と花で半分満たされている中庭へとその家は通じている。肉厚の植物が日向で触手を伸ばして眠っている。鉢植えのセージやヒソップが、軽やかな香りを発散しながら、丘の神秘的な栄光を静かに歌っている。死んでしまった陶工の痕跡を残している均衡のとれた土製の花、つまり粘土の壺がテラスのまん中で日向ぼっこしている。

丘の重量を後ろ盾にしている家々のことはみんな警戒している。そう、野生的な町であるということは、いつでも大きな危険が伴うものである。

楡の木を切り倒し、関税を設定して干し草を積んだ荷車のなかを捜索し、市場に出荷する野菜についているすべての葉に刻印を押し、家畜の屠殺場に血の猛火を燃やすがいい。そうするにはあなたはあまりにも小さいのである。地平線の一帯に青く塗られているように見える、あの丘たちの巨大な群れを眺めるがよい……。

ドアを閉ざし、鎖をしっかり張りめぐらし、差し錠をしっかりかけるよう娘さんを戸口に行かせなさい。そんなことをしても、あなたは相変わらず震えるだろう。そして、緑色の草の汁が、あなたの唇の中央から染みでてくるだろう。

じつは、じつのところは……。

あなたは毎日のように殺人を繰り返して生きている。あなたはまるで角が刺(とげ)のようにとがっている岩のようだ。動物の皮を引きはがし、樹木を伐採し、草を押しつぶす。こうした動作はあなたの身体のなかに染みこんでいる。あなたには不安感を解消してのんびり休むなどということはもう不可能なのだ。あなたは愛情を分け与えたことなど一度もないのだから。あなたの金を嗅ぎなさい。それは朝のタイムのような香りがするだろうか？　あなたの金を積み重ねなさい。それは朝のタイムのような香りがするだろうか？　あなたの金を積み重ねなさい。あなたはまるで、プラタナスの木陰で太陽光線の輪切りを数えている子供のようだ。一陣の風が吹くと、子供たちの豊かさは消え去ってしまう。あなたの金を積み重ねなさい。そうすると、すぐさま、あなたは腕がだるくなりその腕を下におろすだろう。そしてあなたは、スミレ色のあの大きな丘たちのことを夢見るだろう。その丘の上にはもうひとつのマノスクが築かれているのだが、あなたがそこに行くことは決してないであろう。

私たちはオーベット界隈と町の西側についてはすでに語った。町の下の方と上の方を訪れることだけが残されている。

下の方に行くには、こつがある。あなたにそのこつを伝授しよう。むずかしいことは何もない。次のように訊ねてみるだけで充分だ。

「ジョアカンの家はどこにありますか?」

指示されたところに行けばいい。それはかつて君主が夏の別荘として使っていた家である。白鳥の首のような美しいバルコニーや、窓の上には笑っている男女をかたどった渦巻き装飾が見られる。男女が笑っているように思えるのは、ある者には鼻が欠けており、別の者には頬が欠けているといった具合になっているからである。

あなたは家に入っていく。今では、この家はイタリアやスペインからの移住者たちに一部屋いくらという風に貸し出されている。あなたが入っていくと、四階にある広い踊り場で円陣を組んで男たちが坐っている。彼らはイタリア式じゃんけん[素早く折り曲げる指の数を言い当てるゲーム]に興じているところだ。ゲームで湧き起こる歓声が好ましい声になったり大きく反響したりしている。

入ってください。あなたはまず一階に用事がある。廊下はすでに薄暗いけれど……、歩いてください。止まれ。階段の踏み段だ。そこです。あなたはまだ暗闇に慣れていない。手を左に伸ばしてください。もっと伸ばすんだ。階段は広い。そこだ。駄目、後退しないで。冷たいけど、鉄製だからだよ。駄目、前進してもいけない。この階段は下におりていくんじゃない。じゃんけんをして遊んでいる男たちがいるところに向かってあがっていくんだよ。暗闇に慣れてきたので、もう見えるようになっただろう。階段で下におりていくと考えてはいけないよ。そうじゃないんだから。

鉄製の手すりが見えるだろう。そう、その手すりはとても美しい。世界中でもっとも美しい手すりだよ。（心配は無用だよ。ピエモンテの男が聖母マリアに毒づいているだけだから。）この手すりは四階から階段と一緒におりてきている。蛇の形をしているんだ。鉄製の尻尾は槍のように、空に向けてまっすぐ投げ上げられている。鍛冶屋の重い金槌で鍛えられているにもかかわらず、この蛇は四階から三階へ、三階から二階へ、二階から私たちがいる一階まで、蛇のように柔軟におりてくるのだ。そして、私たちのそばまでおりてくると、蛇は身体を曲げ、首を伸ばし、銅製のリンゴのような装飾を口にくわえて持ち上げる。あなたにはこの装飾が見えている。今ではもう何でも見えるだろう。

この銅製の球体を通して、あなたは上に登っていく。

その上にかがみ、じっと見つめてください。無理してでも見つめるんだよ。瞼を動かしてはいけない。むずかしいけれど、我慢するんだ。金属のなかを走る光と陰の波動を見るんだ。球体のゆるやかな回転や、球体の上に浮かんでいる未知の大陸や、風で波立っているこの美しい海や、海藻でできているこの島々や、鳥たちが集まってできているこの雲や、風に向かって出発し球体を一周するこの花たちの長い隊列や、人間の胸のように呼吸しているこの森林や、大地の髪の毛を覆う絹の網のように錯綜して輝いているこの河など、こうしたものをよく見てほしい。

かがみこんで、この球体がいかほど大きいか、この球体が地平線の曲線をどうやって破裂させているか、よく見ていただきたい。あなたは今ではこの球体のなかに入っているのだ。

あなたの力と意志を汲みあげるこの強力な吸引力をあなたは感じるだろう。あなたは感じるはずだ。血の重量のすべてはあなたの頭のなかにあるということを。怖がってはいけない。あなたは自由に振る舞えばいい。この血の重さのせいで、あなたは平衡を失うだろう。抵抗しない方がいい。それに、もう手遅れなのだ。鉄製の蛇の口のなかに、あなたはもう頭も腕も入りこんでしまっているのだ。蛇は涎をいっぱい垂らしてあなたを消化している。

つまり、あなたは蛇のなかに入ってしまっているのだ。

大きな根がおもむろにその筋肉を膨らませている。根が自分の子供時代を超えるのに千年かかることもある。そのあと根は青年期に入る。その青年期の根は、果汁が多く木質で頑丈である。そこで、悠揚せまらぬ緩慢さに変化はなく、根は自分の力を試してみたり、匍匐(ほふく)して花崗岩の塊のところまでたどり着き、その岩塊を締めつけ、その岩塊を鉱脈から取り外し、引き離し、常にゆっくりと根はその岩塊を投げ上げたりする。

マノスクでは、上の方の界隈では夜のことが多い。何かを叩くにぶい音や、急に家が揺れるような音が聞こえてくる。女が叫び、天井の裂け目を見つめて男が喘ぎ、ロバが家畜小屋のドアを叩き、犬たちの群れが、地面で腹を擦るような格好で、通りに飛び出てくる。

　そして根はその白くて小さな鼻面でふたたび大地を齧りはじめる。

　ソヌリ門の下には美しい湖のプレートがはめこまれている。それは青銅のメダルのように平らで生気がない。水は動かない。岩の破片の下で岩はかすかに音をたてている。水もまた、水としての仕事をこなしているのである。

　広場の下には、キンセンカの花のように生き生きとした火に対する大きな心遣いがある。その火は、車大工が鉄の車輪のまわりで燃やしている猛火のように生き生きしている。その火は、とてもききわけがよく、キンセンカと同じ形をした萼（がく）と花弁となって整然としている。これは、マノスクの上の方の界隈で一八八四年にコレラが発生したのと同じ日に、地下の岩盤を断ち割ったあの炎の小さな芽生えに由来している。人々はシャベルを使って死者を埋葬した。死者を運ぶ鈴のついた放下車の行列ができた。犠牲者の上着や家族の装飾品を受け取ることを条件に、篤志家の埋葬人たちが協力した。ハーブを利用した燻蒸を行うため、厚紙の鼻覆いを作った。シャツの下には中に毛を縫いこんだキツネの皮製の衣服を着こんだ。その上着には湯の花を思わせる美しい十字架の模様が施されていた。キツネの尻尾が、身体を動かしているあいだ、絶えず丸い腹を優しく叩いているのであった。まるで尻尾が仕事をしているのかと思えるほどであった。

熱意が満ちあふれている新芽が、その間にも、岩塊のなかへと詮索好きな鼻先を推し進めていた。「注意するんだ。あの向こうまで続くようだと、もう手をつけるには及ばないだろう」と新芽は考えるのだった。新芽は確かにこう考えた。これは怠け者で力不足の新芽だというわけではない。何故なら新芽は、癤（せつ）のように尖っている美しい火山のなかに根を伸ばしているからである。その火山は金色の汁に満ちあふれているため、大地の奥深くで大洋にまさるとも劣らない大量の水を滴らせることができるのである。こう言うことができる。その理由は、消毒のためには順調に事が進んでいるように思えるからである。新芽もどんどんと芽を伸ばしはじめたのは消毒のためだし、世界のなかでは万事が均衡と釣り合いが重要なので、「待つことにしよう」と言うしかないのである。

しかし、厚紙の鼻覆いやキツネの毛皮のおかげで、コレラや、放下車や、墓掘り人や、恐怖や病気を、ついに埋葬してしまうことができた。

この新芽が力を蓄え、ついに花を開くようになって以来、こういう風になってきているのである。それはそれほど以前のことではないが、今では新芽はそこにいる。注意だよ。マクシム・ピエリスナールの地下室で、手を平らにして地面に当ててみると、熱が感じられるのである。

オーベットの下の方では、水が殺到している。みんながあれほど探し求めていたこの水源、それは丘の上の方ではまるで牛のように濃厚な水量で流れていた。ところが一八九三年の地震が、「黙れ」と娘に言う父親のように、一挙にその水源を塞いでしまっていたのだった。そして水源は唇を閉ざし、まるで麦藁の管のようなまっすぐな溝のなかに押し寄せながら、オーベットの下に滞留している。その水は塩辛いということをあなたは知っていますか？　塩辛く硫黄質である。それは、まさに天恵であった。帯状発疹、外痔核、内痔核、湿疹、こうした病がこの水につかるとまるで砂糖のように溶けてしまった。人々は散歩をして病気を治した。まず街道を歩くと汗が出る。ついで冷たい水で入浴する。さらに、すべてを話す必要があるので続けるが、サリエットやタイムが咲き乱れているこの丘がすぐに伝えてくれる素晴らしい教えがある。かくして、二週間のあいだ、乳製品と羊乳のフレッシュチーズしか口にしなかった人々の病気は治ってしまった。上に登っていこう。地下室におりていくあの人たちの物音があなたには聞こえるだろう。夜食の時間なんだ。ユーグ・ブノワの家では、ワインの大壜を動かしている。

向こうの下の方のちょうど舗石と同じ高さにあるあの薄暗くて長い道、あれはベネディクト会修道者たちの施設とプレザンチーヌ派の修道者たちの部屋をつなげている地下道である。それについて言われていることは……。

頭で地面を叩かないでください。モグラのようにそこから外に出られると思っているようだね。駄目ですよ。叩いては駄目ですよ。頭にこぶができますよ。もっと簡単です。かけ算の最後の段を思い出してください。「九かける二は十八、九かける三は二十七、九かける四は三十六、九かける五。」さあ、うまくいった。私たちは外に出た。

そして今では、丘の住人たちを慰めるために、町の上の方の部分がある。それは高原の町マノスクと対等の立場に立っている。

高地の羊飼いが戻ってくる途中、レ・ゼスペルの丘の頂上にたどり着くと、彼は町を一望する。夏の雨嵐が終わったばかりである。空の肌は紫色の血で真っ赤に染まり、太陽光線の矢が所かまわずあちこちに突き刺さっている。空は清らかな殉教者のようで、すでに腫れあがり、蝿に覆われ、腐敗によって青くなっている。その身体には、射手が放った何本もの矢だけがゆがむことなく直立して突き刺さったまま残っている。

雨で湿ったマノスクは、草のなかにあり、まるで虹鱒のようだ。

しかし、羊飼いが数歩歩くと、すぐさま食料品店の主が彼の方にやって来る。

「タラ、ろうそく、缶詰はいかがですかい？」

彼は「これらの品物の代金を払ってくれますか？……」と言いたいのである。

そして馬具商人はこう言う。

「雌ラバのジュリにつける引き綱や、詰め物を修復しなおした子羊用の荷鞍はどうかい？」

さらに籠編み職人はこう言う。

「私が編んだ大籠です。思い起こしてくださいよ。青や赤の麦藁で大きな雄ラバのマルタンの尻尾を優雅に飾ったものだ。それにあの尻尾は長い。あんたはわざわざ……」

ついで小間物屋の女将はこう言う。

「あら、羊飼いさん。私のスカーフを覚えていますか。真っ赤で、黒い飾りがついていて、熱帯の国に咲いている花を思わせるようなスカーフですよ。絹製ですよ、どうかしら」

そして布屋はこう言う。

「夜の闇のように青い三着のシャツ。あんたのためにボタンを縫いつけたこともあるが、覚えているかい？　ボタンは無料だが、それ以外は……。白くて小さな花が天の川のようにきらめいている三着のシャツだよ……」

さて炭屋はこう言う。

「羊飼いのアンベールよ、君に会えて嬉しいよ。丘から俺が立ち去ったのは随分と以前のことになる。最後の夜のことを覚えているかい。ポーカーでお前さんはえらくすってしまったなあ。九十スーも借りができていたが……」

「ああ！　ありがとう」羊たちを押しやるように両腕をぐるぐるまわしながら、羊飼いはこう言った。「ありがとう、ありがとう、とてもありがとう。だけど俺はまだ親方に会っていません。さようなら。今はさようならだ。ありがとう、ありがとう。じゃあ、待っていてくれよな」

そして羊飼いは〈貯水槽〉の格子戸を押しあける。そこにいるのはもうジョゼ親父（おやじ）ではなく、自分の仕事のこつを心得ている太った男である。羊飼いが店に入ってくるのを見ると、男は気前よく給仕しようかどうか考えた。だがそれはほんのわずかのあいだのことだった。羊飼いは言った。

「親父さん、こちらに来てください。俺はちゃんと払いますから」

そして大理石のテーブルに音をたてて羊飼いは飲み物の代金を支払った。結構だ。それで上々。さて、これで、両脚を伸ばすことができる。しかし町はまわりにある。コルクのように乾燥している町、玉蜀黍のガレットのように乾燥している町が。ああ！　彼は町のなかにいるわけではなくて、町の上にいるんだ。屋根の虹鱒のようなこの皮膚の上で、この新鮮な魚の皮膚の上で寝そべり、風に愛撫されていると、唇が空の紫色の大きな傷に貼りついて、私たちは雨嵐で少しずつ膨らんでいく。

そこで、完璧を期して、一リットルのワインを手放し、町の上にあがっていくために、羊飼いは立ち上がり、丘を歩いた疲れでよろめきながら、自動ピアノに四スー投入しにやってくる。

★

こうして、私の夢が大量の木の葉を通りに吐き出したところ、「通りが葉で覆われたために」足音がほとんど聞こえなくなってしまった。私は泉の水が流れ出てくる筒を口でがぶりとくわえた。

訳者解説

本書は、ジオノの最大の関心事であった羊と羊飼いを扱っている『蛇座』(一九三三年)と、そのジオノが生まれ育ち生涯を過ごしたマノスクという町についてジオノが愛着をこめて書いている『高原の町マノスク』(一九三〇年)、両作品をあわせて収録している。

両作品ともに、ジオノが生涯を過ごしたマノスクが作者の行動の拠点として登場する。前者では、マノスクからサン゠マルタン゠レ゠ゾそしてマルフガス高原へと移動し、後者では、マノスク周辺のデュランス河やヴァランソル高原などを徘徊したあとマノスクの市街地を隈なく歩きまわることになる。ジオノ文学の根底を支えている場所を探索しようとジオノが試みていく書である。

『蛇座』

世界の歌を高らかに歌うことによって、人間が自然のなかに入りこみ自然界の風や樹木や草花などに抱かれた生活こそ本当の豊かさであると考えていたジオノが創作した叙情的な作品である。架空の登場人物たちが活躍する通常の物語という形式はとられていないが、ジオノ自身が登場し、マノスクの物産市でひとりの陶工と知り合いになり、その陶工の家があるサン＝マルタン＝レ＝ゾを訪問する。そこで知遇を得た羊飼いから、かねてから強い関心を抱いていた羊飼いたちの生活の一端を聞き知ることができた。

やがて、そうした羊飼いたちが、年に一度(夏至の日に)マルフガス高原に集まって、前代未聞の演劇のようなものを上演するという情報を得たジオノは、マルフガス高原に急いで向かった。しかし到着したときに祭典はすでに終了していた。翌年には十万頭の羊と二百人の羊飼いたちが集まっている高原に行きつき、首尾よくその壮大な演劇の一部始終を見聞きすることができた。

そこでは、海や山や河や樹木や風などに扮した羊飼いたちがそれぞれ即興で科白を語る壮大な宇宙的ドラマが展開されていた。ジオノはその一部始終を書きとめる。それがこの物語の最終章になっている。

自作のなかで何度も自然の諸要素の重要性を主張してきたジオノにとって、海や山や河などが主役を演じるようなドラマを書くことは、ぜひとも一度はやってみたい作業だったのであろうと想像できる。

この演劇は羊飼いたちが演じ、それをジオノが書きとめたという体裁になっているが、もちろんすべてはジオノの創作であり、この集会が行われたということになっているマルフガス高原という高原は実在しない。マルフガス(正確にはマルフガス＝オージェス、標高約七百メートル)という村は確かにあるのだが……。タイトルの「蛇座」は、松明で煌々と照らされた広場で行われる夜を上空から見守っている星座のひとつ、「美しくねじれた蛇座」(八一頁)から取られている(一四〇頁にも言及あり)。

フランス人にとって羊の存在は大きい。オート=プロヴァンスで生涯を過ごしたジオノにとって羊はきわめて貴重な存在であった。戦争の勃発により男たちが戦場に狩りだされた結果、達意の導き手を失くした羊の大群が、ある羊は道端で倒れ、別の羊は血を流しながら何とか歩いているといった悲惨な羊の大群の場面で長篇物語『大群』(一九三一年)は開始することになる。壊滅的な羊の群れは戦時下の人間が同じような状況に置かれていることを暗示していた。

アルル近辺の羊がアルプス山地の麓で夏を過ごすために移動する移動牧畜において、ジオノが暮らしていたマノスクの周辺は羊の群れの通り道になっているので、ジオノは子供の頃からそうした羊たちをしばしば見てきたことであろう。また、ジオノ自身軽く触れているように、子供の頃、田舎で積極的に動きまわって体力をつけるために、また同時に自然界を知るために、父親の計らいで、近くの村(コルビエール)に住んでいた羊飼いマッソの家に預けられていたこともあった(三一頁参照)。少年ジオノは羊たちの世話を経験していたのである。

それでは、物語の根幹を形成しているいくつかの場所、そしていくつかの観点に焦点を当てることによってこの物語を概観していくことにしよう。

自然の歌

私たちが自分の身体でじかに感じ取らない場合、さまざまな印象は表面的なものでしかない。それが私たちの心身の栄養になることはない。自分自身の身体と感性で自然界を受け止めるとき、自然界ははじめてその本質的な姿を見せることになる。『本当の豊かさ』の結尾で、ありのままの自然との触れ合いの重要性をジオノは次のように強調している。

君が剥奪されているのは、風や、雨や、雪や、太陽や、山や、河や、森林などがもたらしてくれる本当の豊かさである。要するに、人間の本当の豊かさを君は剥奪されているのである！万事が君のために用意されていた。君のもっとも暗いところにある静脈の奥底では、君は何でも味わうことができるように作られていた。死が訪れると、心配は無用だが、万事は論理的に展開していく。だから、せいぜい最高度に豊かになるよう努力するがいい。そうして、君はありのままの自分になればいいのだ。(1)

さて、物語は風の強い五月のある日に開始する。ジオノが生まれ育ったマノスクの物産市がその場所である。このテロー広場は、二〇一八年以降、プラタナスのすべてが伐採され全面的な改修工事が施された。マノスクの住民はジオノのように樹木の伐採を嘆いていると想像できるが、新型コロナ禍中という状況のなかで、規模を分散縮小して毎週のように物産市が開催されていることに変わりはない。それは空が「まるで洗濯場の石のようになめらかだった」(七頁)日のことであった。その日の太陽や風について次のように書かれている。「ミストラルは空の青色を力まかせに押しつぶしていた。太陽の光線が四方八方からほとばしり出ていた。物体にはもう影というものがなくなっていた。あたりに神秘的な雰囲気が漂っているのが膚で感じられた。壊滅的な風が私たちの唇から言葉を引きちぎって、向こうの世界に運び去っていった。」(七頁)

ミストラルはただ単に吹き荒れるということはなく、空の青を押しつぶし、太陽の光線もただ太陽から射してくるというのでもなく、あちこちから勢いよく湧き出てくる。風と雨にたたられながらも、五月の物産市は何とか開かれている。「雨に威嚇されると、人々は雨傘を肩から斜めに吊り下げる。風が吹くと、人々は泳ぐような格好をして風のなかに突き進んでいく。両腕を振りまわしながら難儀して歩きまわり、値段をわめきちらす。」(七頁)まるで海のなかで暮らしているようだとも形容されている。

「私」(ジオノ)は羊飼いを探していたが、その羊飼いが来ないだろうということを知ることができたので、雨や風を避け、「風が湖のような穏やかな雰囲気を作り出していた」(八頁)路地に避難した。そこは無風地帯で静かな避難場所であった。そこからジオノは物産市を眺めている。「しばらくすると、食料品店と船長さんの家のあいだにある湾のような趣の空間の舗道の上で、小さな星たちでできた流れのようなものが輝いているのが見えた。その上には薔薇の大きな棚があった。私は次第にその場所の薄暗がりに慣れてきた。通りの冷気と平穏が私の開いている目のなかに、まるで睡眠という黒くて澄んだ水のように、流れこんできた。足元には、光り輝く陶器の一群が見えてきた。陶器職人が私を見つめていた。」(九頁)

それがセゼール・エスコフィエという陶器職人であった。この物語のすべてがこの人物のおかげで展開していくことになったのは、冒頭に書かれている通りである。「万事がセゼール・エスコフィエからはじまった。万事が五月のあの日からはじまった。」(七頁)

セゼールの住まいがあるサン＝マルタン＝レ＝ゾはマノスク(標高約三百五十メートル)の北西約五キロの山のなかの小村(標高は約六百メートル)である。直線距離でマノスクから約五キロだが、実際には道は曲がりくねっており、しかも山のなかの道をたどっていく必要があるので、もう少し遠いように感じられる。訳者は、マノスクに滞在中、この村の知人宅を何回かレンタカーで訪問したことがあるが、まさに山のなかの村であり、住人は三十名程度で、空き家がかなりあるということであった(二〇一八年現在)。村に通じている道は一本だけである。あるとき、この知人に招待されていた私たちは、急カーブのすぐ向こうの右側にある村への入口を見過ごして、かなり遠くまで行きすぎてしまったことがある。そして村はずれには当時も陶工が陶器を作っているということであった。おそらくセゼールのような陶工が今でも陶器を焼いているのだろうと私は想像している。作陶のための恰好な土を掘り出すことができるのであろう。この物語のなかではサン＝マルタン＝レ＝ゾは特別な役割を果たしている。マノスクのような町ではなく、山のなかに位置しており、周囲には樹木が繁茂している村である。

セゼールが気が向いたら訪問してくださいと言ってくれたので、ジオノはその村に向かっていった。そのときの印象はこう書かれている。「見渡すかぎり大地の波がうねり、樹木の泡が逆巻いていた！　谷間のくぼみにうずくまっている巨大な蔦が、死に絶えた農家の肉の削げ落ちた骸骨を蝕んでいた。蔦は重々しい頭部を揺り動かし、緑のキスマークを草の上に投げつけ、張りめぐらした枝と黒い葉を重々しく動かすことによって欲求を緩慢に満足させながら、息絶え絶えの羊小屋の方に向かっていた。大地は大きな爪で鷲づかみにされていた。他の場所では、太陽光線に焼かれ、獣の巣窟の地面のように踏み固められている大地は、大空よりもずんぐりした動物でも転がりまわることができるような広い空間を作ってやっていた。そういうことを別にすれば、鳥の姿が見えなかった。茂みをすみかにしているはずの鼠の鳴き声も聞こえないし、長い蛇が眠ったまま草のなかを流れるときに発する泉のような物音も聞こえてこなかった。生き物の気配が感じられるのは樹液の生命だけだった。しかし、樹液には生命力が熱く燃えたぎっていたので、スイカズラのほっそりした若枝に手を触れるだけで、手が激しく焼け焦げるようだった。」(一一一一二頁)

一般的にはフランス人は自然を屈服させて人間の空間を作っているが、セゼールの住居は独創的である。自然のなかに埋没し、自然と調和するようにして、彼とその家族は暮らしている。「私たちは家の前のベンチに坐っていた。森のなかから夕闇が少しずつ染み出てきはじめた。夕べの静かな水の流れが、火口の底で揺り動かされて、ヒイラギガシを飲みこんでいた。大地がじつに穏やかで静かな長いため息をついた。わずかに二羽か三羽の鳥たちが旋回するようにして舞い上がっていったただけだった。野生の燕たちが呼び交わしていた。大空の高みから、燕たちはみな揃って私たち二人の顔に向かって降下してきた。それは巨大な渦に巻きこまれて流れていく枯れ木の破片のようだった。大洋のような大空は、私たちの上空で穏やかなさざ波をたてて暮らしていた。私たちはその大洋の底にいた。」(一一六頁)

普通のフランス人とはかなり違った雰囲気を漂わせているセゼールの生活のすべてが自然のなかに埋没し、自然と調和している。そして、このあたりの描写は、もちろん、ジオノの好みが全面的に反映されているはずであるから、必ずしもサン＝マルタン＝レ＝ゾにあるというセゼールの住居を忠実に描写してはいないかもしれないし、もちろんのことであるが、セゼールは架空の人物であろうから、ジオノは自分の想像力を発揮していくらでも自然描写に熱中することができたのである。私には、楽しみながら文章を書いているジオノの姿が想像できる。

ついでに言っておくと、このサン＝マルタン＝レ＝ゾに住んでいるセゼールと、その近所に暮らしている羊飼いのバルブルスに案内されてジオノはマルフガス高原というこの世の果てのような土地に出かけることになるが、このマルフガス高原も、この物語においては、きわめて特権的な場所として描かれることになる。

この羊飼いバルブルスの家は次のように形容されている。「陶工は、大地を掘り、形は心得ているので住みやすいように手を加えて家を作っていたが、精神のようなものを吹きこむにはいたっていなかった。そうした陶工の家と違って、それ[バルブルスの家]は親方の家、パン＝リールの演奏者の家、雲の言葉を聞き取り星の巨大な筆跡を読み解くことができる奥義を究めた達人の家であった。それは枝で覆った小屋で、そこには開口部があるので、風が吹き抜け、空気が自由自在に染みこんできた。」(三七―三八頁)

さて、セゼールの家で奥さんや子供たちを紹介されたジオノは、セゼールと価値観をともにしていることが確かめられた。私たちは、しばらく会話を交わすと、相手の考え方を受け入れることができるかどうかということは、大抵の場合、すぐさま分かるものである。そして理解しあえる友人を見出すとき、私たちは自分が豊かになるのを感じる。ジオノは友情を大事にしていた。生涯の友人だったリュシアン・ジャックとの緊密な友情の名残はジオノの家に飾られているリュシアンの数種類の絵画に見ることができるし、『ボミューニュの男』や『世界の歌』などの作品にも男の友情が詳細に描かれている。セゼールとジオノはこんな風にして友人になった。

「それじゃ」彼はぶっきらぼうにもぐもぐと言う。「もうお分かりだろう。あなたは女房が言うことに耳を傾けた。それじゃ、私たちはもう互いに分かりあえるわけだ、あるいはそうではないのかな?……」

私は一挙に樹木を前にしたときの感動で頭が一杯になった。樹皮への心からの愛情、樹木の枝振りに対して感じている友情、絶大な力を秘めている植物の不動のうねりを前にしたときに覚える恐怖感、こうしたもので頭が満たされていた。そうした感情は、私が少年だった頃から、また私が高原にはじめて足を踏み入れたときから、私の心のなかに住み着いていたものである。そこで、私は口を大きく開いて答えた。

「そう、私たちは互いに分かりあっている。私たちは理解しあうように生まれついているのだ。そういうことはずっと昔から準備されていたにちがいない」

「そういうことでしょうね」奥さんは言った……。(二七頁)

その夜、セゼールを訪問してきていた羊飼いは、ヴォルクスの岩壁に棲みついている「茶褐色の鷲」(二八頁)や、「反乱を起こし」(二八頁)て「嵐のように陰険」(二八頁)な犬を踏み殺してしまった羊たちや、人間の言葉は話せなかったが鳥や獣たちには意を通じることができた男(二八頁参照)や、「獣の呪いを全身に受けていた」(二九頁)男のことなど、きわめて不可解で印象的な体験談をジオノに話して聞かせた。こうした不可解な挿話は、ジオノがいくらか集中して情熱を注ぐと、あっという間に魅力的な物語に成長していくのであろうと私は想像する。

さらに十万頭の羊を率いて移動牧畜に出発していく親方のことが語られている。「そこで親方は声をかける。ただのひと言だけだ。それ以上は何も言わずに、親方は背を向け、手で杖をつかみ、立ち去る。そうすると羊たちが出てきて、親方のうしろについていく。羊たちは親方が腰につけているベルトのようで、親方はその羊のベルトをその地方に繰り広げていく。彼はどんどん前に歩く。立ち去っていく彼は、羊を引っ張る。彼は歩を進め、歩く。彼は今では視界の果てにいる。二つか三つの村を横切り、二つか三つの森を通り過ぎ、二つか三つの丘を越えていった。彼は今ではまるで針のように小さくなった。その針に引っ張られる糸のように、羊たちは彼が通っていったあとをついていく。羊たちは村や森を横切り、丘を越えていった。」(三〇頁)

親方はひと声かけるだけで、歩きはじめる。そうすると十万頭の羊があとについていく。これこそ熟練の業であり、職人の至芸であろう。「壁の向こうでは埃がもうもうと立ちこめている。大きな流れの、つまり羊の大群の物音が聞こえる。それは世界の音であり、空の音であり、星々の音である。これは神秘なんだ。」(三〇頁)人間と共存してじつに長い時間が経過しているはずの羊たちをアルプス山地の放牧場まで引き連れていく親方の神技が、こうしてバルブルスによって語られることになった。羊の群れや羊飼いたちに対するジオノの関心は、いよいよ高まっていく。

羊たちの世界

そして移動牧畜の時期が到来した。ジオノの家は丘の中腹に位置している。町の様子が見てとれる自宅の庭先に陣取ったジオノは羊の群れが砂埃を舞い上げて北上してくるのを観察した。「ペルチュイから、ヴァランソルから、ピエールヴェールから、コルビエールから、サント＝チュルからというように、ありとあらゆるところからやってくる羊たちは、光り輝く大きな太陽の光線をたっぷり浴びて静かに街道を歩んでいた。谷間の方に視線を転じると、谷底には、すでに空の雲よりもっと分厚い土の雲で覆われたデュランス河が横たわっていた。水の流れを供給している泉の音が、すべての樹木の葉叢を押しつぶしながら大地の上を踊るようにして流れていく様子は、まるで大蛇が滑っていくようだった。」(三六頁)

羊たちの様子を描写するジオノの文章には力がこもっている。この物語では、羊たちそして羊たちを世話する羊飼いたちが主役を務めているからである。「世界中が動物たちの移住に馳せ参じていた。空の彼方からやって来た秩序は、太陽の鮮やかな色彩の神秘のなかに入っていった。動物たちの上げ潮は、世界のさまざまな秩序に従属していた。この単調な大音響で満たされていた私は、まるで洗面器の水のなかにつけられたスポンジさながらだった。私は自分自身であるというよりもこの音そのものだった。私の両腕に沿って羊たちが流れ下りていった。私の髪の毛という広大な森のなかを羊たちがひしめき合っている物音が、聞こえていた。動物たちは蹄のついた足で私の胸のまんなかを踏みつけて鳴り響かせながら、私にのしかかってきた。急に、目が眩むような大地の自転が感じられて、私は夢から目が覚めた。」(三七頁)

初夏になるとプロヴァンスの羊はアルプス山地に向かって移動を開始する。最近ではトラックなどを利用して羊たちを運ぶということもあるようだが、今でも羊飼いが羊の群れを連れてアルプスに向かって歩いていくという光景は見られる。オート＝プロヴァンスには、幅十メートル程度ではるかアルプス山地まで通じている羊の道が実在する。リエス郊外で、アルル市が所有しているそうした羊の道の存在を地元の農民に教えてもらったことがある。

延々と続く徒歩の行進について、バルブルスはこんな風に語っている。「皮を剥がれた肉のように赤い平原を何日も何日も俺たちは歩いた。俺は荷鞍を積んだラバを引いていた。そのため、ラバのかたわらを歩き、ラバが糸杉の陰などを嗅ぎつけたり、イラクサに向かって口を伸ばしたりすると、俺はラバの鼻面を軽く叩いた。舞い上がる埃で目が焼けるようだった。埃は情け容赦なく口のなかに入ってきた。舌にへばりつき、喉の奥では泥と化した。千頭もの羊がその向こうを歩いているが、風が急に止む場合は別にして、もう一頭のラバを引いているすぐ前の男の姿を見ようなどと考えない方がよかった。後ろの男の姿を見るのも無理な話だった。間もなく、風は俺たちのところまで下りてこなくなってしまった。俺たちは濃厚きわまりない土埃に飲みこまれてしまっていた。途方に暮れ、羊の群れに混じって砂利のように転がっていくだけだった。」(四四頁)

夏の祭典が行われるマルフガス

サン＝マルタン＝レ＝ゾが特別の村であったように、マルフガスは普段は人が近寄らないような世界の果てにある場所だとジオノは、物産市に店を出している露天商から聞いたことがあった。「マルフガス、あれはすごいところだ。まだいくらか大地につながっている。いやはや大したところだよ！……ともかく、上も下も空なんだ。空のなかに突き出た土地というわけさ。大空が、それ

を吸いこもうとする口のように、この土地の周囲を囲んでいる。分かったかい？」（五九頁）
　そのマルフガスで行われるという羊飼いたちの祭典をひと目見たいと熱望するジオノは、セゼールとバルブルスの案内でその土地に向かう。マルフガスに向かって荷車で疾走する三人は、まるで海を航海しているかのように海のイメージと共に描写されている。なお実際のマルフガスは人口八十人程度の小さな村であり、マルフガス高原は実在しない。それはジオノが考え出した架空の高原である。「盛り上がっているところのない広大な平地を進んでいくというようなこともあった。静かな足取りで私たちは高原の上を滑っていった。砂の上を歩むビジュの大きな蹄が波のような音をたてていた。その音を聞いていると、私たちの前方に他にも船がいくつか走っているのではないかと思われるほどだった。そうすると、まるで錨を下ろしているように、じっと動かずに停滞している船たちが見えてきた。案内人が革製の舵をぐっと引くと、暗礁のようにざわめいている大きな栗の木に接触しそうになったりした。私たちは飛び跳ねながら疾走していたので、夜の闇が泡だっていた。猪のような重々しい泳ぎは、ビャクシンの茂みの腹を切り裂いた。私たちの荷車に乗っているのは三人だった。星々を頼りに道を探していくセゼール、無言の羊飼いバルブルス、そして私。自分が乗っている船の下から聞こえる大地のあえぎを耳にしたときから、私は子猫のように途方に暮れてしまった。そして両手でしっかりセゼールのビロードの上着にしがみついていた。」（六三頁）
　このあたりの描写では、舟が海を航行していくような雰囲気が感じられる。大地の起伏は波のうねりであり、ジオノたちが乗っている荷車は船のように描写されている。また羊の群れは、動物というよりもどこか液体のような印象を私たちに与えるのも事実である。「つまり、水や海に対する羊飼いたちのこうした愛情、高地のまっただなかにいながら、水先案内人、舵棒、帆、波、砂、泡、飛翔、水泳、深淵、そして底などという言葉を使いたいというこの固定観念、さらに水や海に対して彼らが持っているこの美しい友情、こうしたものが羊飼いたちの身体のなかに深く染みこんでいる。羊たちの親方という仕事は、まるで水のように指のあいだを流れていくようなものなので、その仕事をしっかり捕まえることができないからである。汗や羊毛の匂い、汗まみれのまま陽に焼かれる男の匂い、雄羊や雄山羊の匂い、子供を孕んでいる雌羊や乳の匂い、粘液に包まれて生まれてくる子羊の匂い、死んだ動物の匂い、放牧されている羊の群れの匂い、こうした匂いは、大海の塩水のように、人生そのものを意味しているからでもある。」(六六頁)

ジオノたちが一九三五年から一九三九年までキャンプ生活を楽しむことになったル・コンタドゥール高原で、二〇一〇年の夏、八百四十頭の羊の番をしていた羊飼いに遭遇し、二時間ばかり羊の様子を見守りながら、私は羊飼いの生活を聞いたことがある。羊飼いは六月から雪が降りはじめる十一月まで高原に滞在する。塩がなくなったりすると、下の村まで車でおりていって調達する。このあたりは狼がいないので、心配することは何もない。ここまであがってくる車はほとんどないが、サイクリングの人なら時おり通りかかることがある。羊の群れは八百四十頭の羊で構成されているのだが、例えば右端の五十頭ばかりが群れから離れそうになったとき、水が流れ出るような印象を私は受けた。群れから離れる羊に気付くや否や、羊飼いは牧羊犬にひと声叫ぶ。牧羊犬は脱兎のごとく走っていった。群れから離れそうになっていた羊たちは、牧羊犬に追いたてられて、たちまちのうちに群れの中に飲みこまれてしまった。

マルフガス高原に向けて二度目にジオノたちが出かけていったときの光景はこんな風に書かれている。やはり海原を進行する船のイメージがありありと感じられる。

丘の大波のなかのあの最初の遊泳を、生涯にわたっていつまでも私は記憶しているであろう。サン＝ミシェルの方に下っていくあの野生的な斜面の近道をセゼールはたどっていったのだが、舷側が高すぎた私たちの荷車はタイムの波に向かって右に左に揺れ動いた。だから私たちは支柱にしがみついていた。あるとき、「かがむんだ！」という声がした。セゼールは私たちを船倉の底にうずくまらせた。私たちは栗の木の泡のなかに低く垂れこめた枝をかすめて全速力で走り抜けていった。

また別のときには、平らな平原のまっただ中で、糸のようにまっすぐに伸びている私たちの航跡のおかげでいささか安心していたところ、大きな波が押し寄せて、空に届くかと思われるほど高くまで私たちを持ち上げたりした。私たちはくるぶしが軋むほど激しく斜めに落ちた。そこで「遭難のときは、梶棒の上に飛び乗り、そこにしがみつくことにしよう！」と私は考え

た。（七三—七四頁）

ジオノたちが乗っている荷車がリュール山の支脈を迂回していく様子は、まるで急峻な山道をたどっているように描写されている。「私たちはリュール山に沿って進んだ。そのつづら折りの道は、高い丘に蛇行して登っていくためのありとあらゆるカーブで断崖になっていた。絡まっている蔦を思わせるようなヘアピンカーブの連続だった。氷の塊のように冷たくてがっしりした突風になって、高地の息吹が舷側から流れてきた。バルブルスは全身で蝋燭の火を守っていた。さらに彼が外套の端を広げたところ、帆のはためくのが聞こえた。雌馬は全速力で疾走した。土地がでこぼこだったので、私は腹をくすぐられるような感覚を味わった。広大な沖合の大波は、私たちを大地の波が広がっているところまで運んでいった。／あるところを曲がると、谷間の入口に入りこんだ私たちは、風に直面した。蝋燭は消えた。鼻面に正面から風を受けた雌馬は、暗闇を前にして四本の脚を踏んばり、いったん立ち止まった。セゼールは暗闇のなかでそっとまわり道をした。私は荷台の枠板にしがみついていた。」（七五頁）

この描写はかなり誇張されたものである。たしかにマルフガスは限りなくリュール山に接近しているが、道が「つづら折り」になっているようなところはないし、ましてや「断崖」になっているようなカーブは存在しない。ジオノのマルフガスと言うべきであろう。この世の果てにあるようなマルフガス高原がつづら折りや断崖絶壁に不足することがないというのも、それがジオノの想像世界の一端であるだけに私たちも充分に納得できる場面設定なのである。

羊飼いたちが作りあげる壮大なドラマ――宇宙の生成を歌う

羊飼いたちが作り上げていくドラマを取り仕切るのはル・サルドという男である。「赤いスカーフを巻きつけたこの痩せこけた人物から、犬が身体を振ると水がはじけ散るように、すべての演技が開始するので、ル・サルドは作者だと言うことができる。彼はさまざまなイメージの産婆役を果たしている。その上、難産の雌羊のお産を介助してやる類いまれな産婆でもある。彼の手は長く、筋張っており、小さな魚のように繊細である。彼の両手が作った水路に誘導されて生まれてきた子羊を彼がすべて受け取るとしたら、大規模な羊の所有者よりも彼のほうが豊かになってしまうであろう。イメージや演技についても同様のことが言える。イメージや演技は、夢や美しくねじれた蛇座などを重々しく孕んだ状態で、彼の周囲に待機している。それらの中央に陣取っている彼は、演技の産婆役をつとめる。演技を誕生させるのは、さらにそのたびごとに新鮮な演技を誕生させるのは、彼の仕事である。」(八〇―八一頁)

大地を演じるル・サルドの指示に従って、海、山、河、樹木、風、草などを受け持つ羊飼いたちが、それぞれの役割を高らかに歌い上げていく。こうした羊飼いたちの演劇をジオノが聞き取って再現したのが、『蛇座』の最終場面であるという風に物語は作られているが、じつはここでもまたすべてがジオノの創作である。

『木を植えた男』が実話だと思う読者は多い。そして、それが架空の物語であるということを知って驚く人もいる。中には、このようなもっともらしい架空の物語を書いて人を騙そうとする作者に不満や怒りをあらわにする人までいる。しかしジオノは小説家である。事実をありのまま語ることには適していない物語作者に、ノンフィクションを期待してはいけないのである。

ジオノは、河や風や森林などに自在に語らせることに長じている作家である。その実例として『世界の歌』(一九三四年)の第三部の冒頭部分を引用してみよう。この物語は、河の中州に住んでいる男が、その川の周辺に広がっている森に暮してるいる男とともに、後者の息子(五十本の樅の木を伐るために河の上流へ出かけたまま帰ってこない)を探し出すために河を遡行していき、さまざまな冒険に遭遇する物語である。恋や友情の物語にも不足することはない。壮大で錯綜した恋の物語が語られたあと、二組の恋人が雪どけで水嵩を増した河を筏で下るという光景で第三部がはじまる。自然界の躍動が生き生きと描写されている。

春の大混乱だった。樅が豊かに生い茂っている森の葉叢はまるで雲のようだった。林間の空き地はまるで灰が大量に舞い上がっているかと思わせるほどの煙りようだった。棕櫚の葉のような形の葉叢のあいだから蒸気が立ちのぼっていた。その蒸気は野営地の火の煙のように森から出てきた。蒸気は揺れていた。森の中でも、同じような無数の煙が、野営地の無数の火のように揺れ動いていた。まるで世界中のあらゆる遊牧民が森のなかで野営をしているようだった。

春が大地から出てきただけのことである。

雲は、重々しい枝に似たくすんだ色を少しずつ帯びてきた。また、雲は、木々の大きなかたまりの重々しさ、木々の喘ぎやその樹皮や腐食土の匂いも取り入れていた。谷間の周囲に新たに生えてきた草の縁取りがあるだけの、がらんとした谷間の上に、雲は重々しくのしかかっていた。

新たに湧き出た泉によって潤された牧草地は、ビロードのようなかすかな歌を歌い、高い木々はあちこちで船の帆のように軋んでいた。黒い寒風は東から吹いてきた。その寒風は嵐や並外れた太陽を絶え間なく運んできた。谷間の雲は寒風の下で動悸を打っていたが、突如、その雲は自分たちのベッドから身を引き離し、風のなかに跳躍していった。大粒の灰色の雨が空を横切った。すべてが姿を消してしまった。山も森も。雨は雄山羊の腹の下の長い毛のように寒風の下に垂れ下がっていた。雨は木々のなかで歌い、広い牧草地を静かに横切っていった。そのとき太陽がやって来た。それは濃厚な三色の太陽で、狐の毛より赤茶色で、あまりに重くて熱いので、物音も身振りもすべてかき消されてしまっていた。寒風がまたわき起こった。深いしじまが訪れた。まだ葉をつけていない枝は、無数の小さな銀色の炎をきらめかせていた。それぞれの炎の下の輝かしい水滴のなかには、新芽が膨らんでいた。樹液と樹皮の濃厚な匂いが、不動の大気のなかで一瞬のあいだ煙った。通過していった雨の足音が、森の底の方に下りてきた。新たな雨が樅の林を訪れ、寒風が重々しく垂れこめた。雨と太陽の黒い斑点が、虹の茂みの下に広がるその地方を隈なく歩きまわった(2)。

森や雲や牧草地や雲たちの歌を読み取ることができるであろう。この『世界の歌』には他にも、森林、河、雪などの描写があちこちで繰り広げられていく。同じ時期に書かれた『喜びは永遠に残る』にも随所に世界の歌を感じさせる記述が満ちあふれていることも指摘しておきたい。つまり、『蛇座』で朗誦される羊飼いたちによる海や山や河のドラマは、ジオノにとってきわめて慣れ親しんでいた手法であった。読者の方々には、ジオノの奔放な想像力が次々と紡ぎ出していく自然界の諸要素の雄弁な科白をお楽しみいただきたい。

同じく、この演劇を終始支えていく三種類の楽器もまた、ジオノが創作したものである。例えばエオリアン・ハープの場合(八九—九一頁参照)はあまりにももっともらしく語られているので、これらの楽器は実在すると勘違いする者も現れた。エク＝サン＝プロヴァンス出身の作曲家ダリユス・ミヨーもその一人で、ジオノの楽器についてもう少し詳しく知りたいものだと望んでいたのであった。

ジオノの創造(想像)力の全面的な発露を可能にした画期的な傑作であり、それ以降の『世界の歌』や『喜びは永遠に残る』などの大作の基礎になっている物語であると、『蛇座』を位置づけることができるであろう。

この演劇の科白のなかにはジオノの多彩な肉声がこめられているはずであるが、「男」に扮する羊飼いに対する語り手の「自分自身を開くのだ！」（一四七頁）という激励に私は注目しておきたい。これは、羊飼いの親方が若かった頃の羊飼いに語った「お前はまだ抵抗している（四一頁）という忠告とともに、世界に対して柔軟な態度を取ることを勧めているジオノ自身の意思がこめられている言葉であろう。

なお、ジオノ文学を愛読することによってオート＝プロヴァンスや羊飼いの世界に親しんでいた写真家ロベール・ドワノーは、実際に自ら移動牧畜に同行した記録を美しい写真集『移動牧畜』[3]として出版している。その巻頭に掲載されている「ロベール・ドワノーと、ジオノのプロヴァンス」という一文を読むと、ドワノーがいかほどジオノ文学を賞讃していたかということが納得できる。同時に二人がともに羊や羊飼いに限りのない深い関心と共感を抱いていたということが脈々と伝わってくる写真集である。

『高原の町マノスク』

「この丸く美しい乳房は丘である」（一五五、一五六頁）という文章でマノスクの北東郊外に盛り上がっているモン・ドールを紹介したあと、ジオノは、マノスク周辺のデュランス河、ヴァランソル高原、アッス渓谷などを歴訪する。さまざまな場所での自分の経験を語りながら、マノスク周辺の土地が説明されていく。

例えば、マノスクの東に広がっているヴァランソル高原は、現在ではラヴェンダー栽培で有名な高原である。しかし冬になると、烈風が吹き荒れ、陰鬱な天候が続く日が多いとも言われている。「ヴァランソル高原は私には素晴らしい友であるが、平野の農民にとっては狷介な相棒だと私は言っているのである。ヴァランソル高原は、雹を投げつけ、稲妻を運んでくるし、雨嵐を産み出す業も身につけている職人なのだ。ヒイラギガシと杜松を全身にまとい、あちこち傷跡で覆われている、その高原は目の前にある。春には花盛りのアーモンドの花の御馳走を楽しみ、夏のあいだは太陽の光をがつがつ食べたりして、野生的な暮らしをしている。」(一六五頁)

さらにヴァランソル高原の下を、つまり高原の西側を流れているアッス川の描写。「この谷間の裂け目から階段状になっているアルプス山地の山肌が見える。向こうの奥の方にある砂利の上に、さらに泥のなかに、デュランス河の枝とも言えるアッス川や、小さな流れや丘から落ちてくる奔流や小さな溝などの一族郎党が見えている。その溝の両岸の唇のように見える草のあいだを泉の水が流れている。飲み水になるその泉に通じている道が見えるし、その道の突きあたったところにある農場には、実っている大きな果実も見えている。」(一七一頁)

そして地元の人々のさまざまな様子が語られていく。ジオノがホイットマンの詩を朗読して聞かせたことがあるアッス渓谷の小さな村での経緯(一七二―一七四頁参照)。動物たちと会話できる男の挿話(一七五―一七六頁参照)。ラルグ川で溺れそうになった娘さん(エレーヌ)との気のきいた会話。この娘さんは、しかし、本当に溺死してしまう(一七九―一八三頁参照)。リュール山麓にある村サン＝テチエンヌ＝レ＝ゾルグの公証人の家における奇妙な食事の風景（一九一―一九八頁参照）。マノスク近辺のじつに多岐にわたる自然や人間についての描写が続く。以上が第一部。

「泉の筒にあふれる水」と題された第二部では、マノスクの内部の様子が紹介されていく。移動牧畜の羊たちが水を飲むために立ち寄る泉があるオーベット界隈は、ジオノが幼少年期から暮らしてきた界隈であるが、その界隈の様子が愛着をもって描写されていく。マノスクについてはジオノの少年期を詳細に語っている自伝的物語『青い目のジャン』にその多彩な相貌が詳しく語られている。ジャン少年が暮らしていた界隈は例えば次のように形容されている。

私たちは馬小屋がいくつかある小さな通りへと曲がっていった。馬が鼻を鳴らし足で地面を叩いていた。雌山羊は鎖を引っ張っていた。子羊は乳房を欲しがっていた。暗闇に坐っている猫が、二つの赤茶色の星で私たちを見つめていた。町のなかにはもう私たちの足音の他に聞こえるものは何もなかった。私たちは農民たちの住んでいる界隈を横切っていた。道路の敷石の上には平原から運ばれてきた泥があった。大きな土塊となった丘の土が乾いていた。エニシダの柴の束が壁際でしなびていた。それはすでに茸の匂いを発散していた。牛小屋の戸口に筒切りにされた無花果の幹が置かれていた。ロバが呻いていた。犬が私たちの通りすぎるのを見つめた。その犬が頭をもたげると、首輪の音が聞こえた。数珠つなぎになった大蒜が、いくつかの玄関の庇の下でかさかさと音をたてた。ある建物の一階の窓だけに光が灯っていた。私は通りすがりに中を見た。ベッドの近くに立った女が、煎じ茶のお椀をスプーンでかき混ぜていた。町のなかには私たちの足音しか聞こえなかった。私たちは大通りの方へ、そして田園の方へ、さらに木々の茂みの方へ進んでいった。男は父の大きな歩幅と同じく安定した歩調で歩いていた。

「耳をすますんだ。泉だ!」男は立ち止まってこう言った。

泉は水盤のなかで太鼓を叩いていた。

急に私たちは大通りに出た。顔全体に星たちの燠が降りかかってくるのがまざまざと感じられたし、颪に揺さぶられた丘が呻くのが聞こえてきた。(4)

それまでかくまっていた無政府主義者を父親が連れ出して夜の散歩をしている場面である。ジャン少年は、子供が一緒だと怪しまれないだろうということで、二人の大人に同行していた。そして、このあと不意に、無政府主義者はスイスに向けて出発していった。

ジオノの著作と関りのある文章も散見される。ジオノが好きだった街路樹の楡が一斉に伐採されてしまっていたという挿話(二二五—二二七頁参照)。このエピソードは『伐採人たちの故郷で』において生かされている。

大通りは、かつて楡の木々に飾りたてられていた。そこかしこに、木々の葉叢を通して家々の古くたるんだ皮膚や、さらに気がかりな血膿までがよく見えていた。しかし、それは樹木の向こう、鳥たちの向こうのことだった……。ああ！　鳥たちもいたのだった。さて、私は鳥たちのことを考えている。夏の夜、この楡の茂みは二羽のフクロウを住まわせていた。そのフクロウは私たちの心臓の血液のすべてを共振させるような歌をトレモロで奏でたものだ。十六歳の私の恋の悩みをフクロウが慰めてくれたのであった。(5)

『木を植えた男』の萌芽とも言える文章もある。「チョッキのポケットにドングリを、上着のポケットには小さな鶴嘴を入れて、彼は丘に登っていった。彼は自分の喜びのために楢を植えに出かけたのだ。」(二二七頁)他にもあちこちに他の著作の源泉のような風景がこの『高原の町マノスク』にはちりばめられている。例えば、動物たちの言葉を二十も知っている男の挿話がある。「デュール＝コートを経由してピック＝メイヨンの山頂まで私たちは登った。そこで彼はツグミに話しかける必要があった。彼はツグミたちの言葉が理解できるのだ。彼はウソに挨拶した。迷っている蜜蜂の群れに長い行程のすべてを彼が説明したところ、蜜蜂は教えられた道を、まるで星が軌道をたどるように、飛翔しはじめた。彼がキツネに呼びかけると、キツネは向こうの丘から彼に返答した。彼はキツネには近寄らなかった。多分、私がいたからであろう。」(一七五頁)よく似ている人物が『憐憫の孤独』の『大きな垣根』に登場する。「私はシジュウカラの言葉を話すことができる。私が話しかけると、シジュウカラたちは枝の階段を地面まで下りてきて、私の足元までやってくる。その金色の目の玉に逆さまに私の姿を映し出すほど近くまで、二重の尾を持つ蜥蜴は、私に接近してくる。キツネが私を見つめる。そうすると、彼らは私がどういう人間であるかを一挙に理解し、そっと通りすぎていく。私が近づいても、ヤマウズラの雛たちは身体を起こしたりしない。彼らは嘴を上げることなく餌をあさる。様々な動物のうちのひとつの動物である私は、丘、杜松、タイム、野生の大気、草、空、風、雨などの圧倒的な重量を内部に持っている。その私は人間よりもむしろ動物に一層の憐憫を感じている。(6)」

さらに、次のように読者を非難するような表現が唐突にあらわれる。「あなたは毎日のように殺人を繰り返して生きている。あなたはまるで角が刺のようにとがっている岩のようだ。動物の皮を引きはがし、樹木を伐採し、草を押しつぶす。こうした動作はあなたの身体のなかに染みこんでいる。あなたには不安感を解消してのんびり休むなどということはもう不可能なのだ。」(一二三頁)こうした考え方は、『丘』の主人公のひとりゴンドランが、自分を取り囲んでいる植物やつい先ほど殺した蜥蜴にはすべて命が宿っているということに、不意に気づく場面で次のように記されている。「それでは、彼は植物や動物たちの苦痛のなかに居坐っているということになるのだろうか？／それでは、彼は殺すことなく樹木を切断することはできないのだろうか？／彼が樹木を切断するとき、彼は樹木を殺しているのだ。／鎌で刈り取るときも、彼は殺している……。／そうだとすると、彼は絶えず殺しているのだろうか？　彼はまるで大樽のように生きているのだろうか？　周囲にあるものすべてを押しつぶしながら転んでいく大樽のように？(7)」

自分の物語の題材を求めて旅をするなどということはなかったジオノにとって、物語のほとんどすべての風景はマノスクとその周辺さらに休暇を過ごしていたル・トリエーヴ地方から取られている。だから、『高原の町マノスク』には初期のジオノ文学のエッセンスが詰まっているのである。例えば「トスカナ出身の靴職人」(二〇九頁)と刑務所から出所したばかりの「塩のように白い哀れな少女」(二〇九頁)が一緒になり、やがてたくさん子供が生まれ、靴職人が原因不明の病気で死んでしまうという挿話(二〇九―二一五頁参照)など、ジオノが手を加えれば、すぐに印象的で不気味な物語に発展していくのである。

そのすぐあとで紹介されている泉とその下の洗濯場の光景も見事である。洗濯をしていると寒くなってくるので、女たちはジュ・ドゥ・ポームに興じて身体を温める。「物陰にひそむ泉のこの下半身は、洗濯場となっている。籠を抱えて泉にやってくる女たちは、麦藁の上にひざまずき、衣類のかたまりをこねはじめる。しかし、彼女たちはすぐに寒くなり、太陽の当たるところに出て、腕はむきだしにしたままボール遊びに興じる。厩舎の壁を利用して彼女たちはジュ・ドゥ・ポームを行った。この遊びは終わるということがない。水を滴らせてひとりの女がやってきて、かじかんだ手でボールを投げる。そして温まった彼女はそこから離れ、洗濯場に戻りシーツを押しつぶす。さらに別の女がゲームを離れ、火にかかっている夕食のでき具合を見にいくために急いで立ち去る。このゲームは少女たちの大きな喜びになっているので、子供たちは真剣な表情でそのゲームを見守っている。だから、柔らかな水の出る他の洗濯場よりも、この洗濯場に女たちは喜んでやってくる

のである。」(二一七頁)

自分が子供時代を送ってきたオーベット界隈にジオノは愛着を示している。この名前はオーブ(夜明けの光、曙光)と関りを持っている。「夜明けの光が町に入ってくるのはこのオーベット門からなのである。この界隈全体にこの朝日の訪れの匂いが漂っている。」(二一七頁)そうした状況に置かれているその界隈ではベッドの向きが同じだとジオノは書いている。「頭が北、頭が北、頭が北である！　草という積み荷を担い、水という積み荷(その大海は世界の夜のなかで泣き大粒の涙を流している)を担い、星たちのなかで回転している地球。その地球の享楽的な力の磁力を帯びているこれらの男や女たち、彼らは頭を北に向けて生まれ、眠り、愛し、そして死ぬ。こうして、彼らは、噴出する太陽に、彼らの身体の美しい側面を、心臓があり果物の味がする左側を向ける。その結果、朝になるといつも、曙光は、羽根のような種子をつけたエンバクの美しい茎をこの心臓に突き立てるために昇ってくるのである。」(二二〇—二二一頁)

靴職人だった父親が修理した靴を持って修道院に出かける母に連れていかれた幼かった頃の思い出(二二〇—二二二頁参照)や、自分が住んでいた通り(ラ・グラン・リュ)の思い出(二二八—二二九頁参照)などを交えて、懐かしいマノスクの市街地のことが詳しく語られていく。『青い目のジャン』や他の作品と交錯し発展していく様子をうかがうことができ、じつに興味しんしんの作品である。『高原の町マノスク』にちりばめられている素材が後年の作品でどのように彫琢されていくのかということを確認するのも楽しい作業である。

もちろん、書かれていることすべてが事実であるとは限らない。想像力を奔放に発揮した作者ジオノが、空想のマノスクを語っているからである。数々の傑作を創作していくことになるジオノの、創作のための準備倉庫とでも形容できるかもしれない地元マノスクの内と外が入念に紹介されているので、ジオノ文学の内懐をうかがいながら読み進めることができる作品である。

本書の翻訳に際して使用したテクストは以下の通りである。

Jean Giono, *Le serpent d'étoiles*, Récits et essai, Pléiade, Gallimard, 1989, pp.65-144.
Jean Giono, *Le serpent d'étoiles*, Les Cahiers Rouges, Grasset,1999.
Jean Giono, *Manosque-des-plateaux*, Récits et essai, Pléiade, Gallimard, 1989, pp.35-64.

本文の訳注は割注〔……〕としてすべて本文に組み込むことにした。

これまで翻訳してきた数冊のジオノ作品の場合と同様、この『蛇座』と『高原の町マノスク』も、フランス語やフランス文化さらにプロヴァンス語などに関して、オート＝プロヴァンスの友人アンドレ・ロンバールさん（ヴィアンス在住）の協力を仰ぐことができた。七月初旬からプロヴァンスの独創的な画家セルジュ・フィオリオ（ジオノの従兄の二男）展示会がフォルカルキエで開催されるのでその準備や彼自身の著作の出版準備などで多忙だったにもかかわらず、いつものようにこころよく相談に乗ってもらうことができた。いつも変わることのない彼の友情に感謝している。ありがとう。

彩流社社長の河野和憲氏には、今回もこころよく出版を引き受けていただいただけでなく、じつに手際よく編集作業を進めていただいた。ジオノの価値を認めていただいた上での好意的な判断だと思うが、河野氏の期待に応えられるよう、この翻訳が多くの読者を見出してくれることを心から願っている。

今回の翻訳においても、家内の直子は校正作業を手伝ってくれた。このところコロナウイルス蔓延のためオート＝プロヴァンス訪問をできなくなっているが、一緒に滞在したマノスクや、楽しく訪問したサン＝マルタン＝レ＝ゾやマルフガスさらにはヴァランソル高原やアッス川流域などを思い起こしながら訳文を検討してくれたものと私は思っている。心からの感謝の気持をあらわしておきたい。

山本　省

二〇二一年八月八日　信州松本にて

（1）ジャン・ジオノ『本当の豊かさ』、山本省訳、彩流社、二〇二〇年、二〇〇頁。
（2）ジャン・ジオノ『世界の歌』、山本省訳、河出書房新社、二〇〇五年、三〇六—三〇七頁。
（3）*La Transhumance de Robert Doisneau*, Actes Sud, 1999.
（4）ジャン・ジオノ『青い目のジャン』、山本省訳、彩流社、二〇二〇年、五八—五九頁。
（5）ジャン・ジオノ『伐採人たちの故郷で』、『憐憫の孤独』(山本省訳、彩流社、二〇一六年)所収、一六四頁。
（6）ジャン・ジオノ『大きな垣根』、『憐憫の孤独』所収、一七三頁。
（7）ジャン・ジオノ『丘』、山本省訳、岩波文庫、二〇一二年、五五頁。

【著者】ジャン・ジオノ（Jean Giono）
1895年-1970年。フランスの小説家。プロヴァンス地方マノスク生まれ。16歳で銀行員として働き始める。1914年、第一次世界大戦に出征。1929年、「牧神三部作」の第一作『丘』がアンドレ・ジッドに絶賛される。作家活動に専念し、『世界の歌』や『喜びは永遠に残る』などの傑作を発表する。第二次大戦では反戦活動を行う。1939年と1944年に投獄される。戦後の傑作として『気晴らしのない王様』、『屋根の上の軽騎兵』などがある。1953年に発表された『木を植えた男』は、ジオノ没後、20数か国語に翻訳された。世界的ベストセラーである。

【訳者】山本省（やまもと・さとる）
1946年兵庫県生まれ。1969年京都大学文学部卒業。1977年同大学院博士課程中退。フランス文学専攻。信州大学教養部、農学部、全学教育機構を経て、現在、信州大学名誉教授。主な著書には『天性の小説家　ジャン・ジオノ』、『ジオノ作品の舞台を訪ねて』など、主な訳書にはジオノ『木を植えた男』、『憐憫の孤独』、『ボミューニュの男』、『二番草』、『青い目のジャン』、『本当の豊かさ』、『大群』、『純粋の探究』（以上彩流社）、『喜びは永遠に残る』、『世界の歌』（以上河出書房新社）、『丘』（岩波文庫）などがある。

蛇座（へびざ）

二〇二一年九月十五日　初版第一刷

著者――ジャン・ジオノ
訳者――山本省
発行者――河野和憲
発行所――株式会社 彩流社
〒101-0051
東京都千代田区神田神保町3-10大行ビル6階
電話：03-3234-5931
ファックス：03-3234-5932
E-mail：sairyusha@sairyusha.co.jp
印刷――明和印刷（株）
製本――（株）村上製本所
装丁――中山銀士＋金子暁仁

ISBN978-4-7791-2768-7 C0097

http://www.sairyusha.co.jp

フィギュール彩
(既刊)

⑪ 壁の向こうの天使たち
越川芳明◉著
定価(本体 1800 円＋税)

天使とは死者たちの声なのかもしれない。あるいは森や河や海の精霊の声なのかもしれない。「ボーダー映画」に登場する人物への共鳴。「壁」をすり抜ける知恵を見つける試み。

㊼ 誰もがみんな子どもだった
ジェリー・グリスウォルド◉著／渡邉藍衣・越川瑛理◉訳
定価(本体 1800 円＋税)

優れた作家は大人になっても自身の「子ども時代」と繋がっていて大事にしているので、子どもに向かって真摯に語ることができる。大人(のため)だからこその「児童文学」入門書。

㊾ 憐憫の孤独
ジャン・ジオノ◉著／山本省◉訳
定価(本体 1800 円＋税)

自然の力、友情、人間関係の温かさなどが語られ、生きることの詫びしさや孤独がテーマとされた小説集。「コロナ禍」の現代だからこそ「ジオノ文学」が秘めた可能性は大きい。